안토니오 가모네다Antonio Gamoneda

"시인은 자신이 알고 있는 것을 모르는 자다. 그래서 시는 소수 지향적이고 외로울 수밖에 없다. 시는 창조의 영역에 속하는 것이고, 그래서 가끔은 존재하지 않는 것을 만들어 낼 수도 있다. 시는 현실을 그대로 반영하지 않는다. 주관적으로 내면의 소통을 추구한다."

오늘날 스페인 젊은이들에게 가장 큰 영향력을 미치는 시인이지만 스스로는 '지방 시인', '시골 시인'으로 설명되길 원하는 가모네다는 두 살 무렵에 이주해 간 스페인 북부의 레온 지방에서 평생을 살아 왔다.

그의 삶의 전환은 이미 어린 시절에 찾아왔다. 유년의 눈으로 목격한 스페인 내전의 참상, 전쟁 후에도 계속된 억압 상황, 궁핍과 빈곤은 그에게 "나의 정신세계가 그때 다시 태어난" 것 같은 자각을 가져다주었다. 줄곧 변두리 빈민층으로 살아온 그는 생계를 책임지느라 정규 교육을 받지 못했으며 독학으로 중등교육 과정을 마쳤다. 그 후 은행원으로 근무하면서 반독재 운동의 조직원으로 활동했고 이 경험을 바탕으로 시를 썼다. 첫 시집《움직이지 않는 반역》은 그에게 시인으로서의 명성을 안겼다.

유년기의 빈곤, 아버지의 이른 죽음, 홀어머니의 외로운 삶으로 점철된 개인의 이력을 시를 통해 거대한 역사의 장과 결합시킨 가모네다는 그만의 독특한 세계를 펼쳐 보인다. 그의 시에는 죽음과 고통의 기억을 하나의 지표로 삼은 시적 환상성이 농후하다. 개인적으로나 사회적으로 고통의 시대를 산 가모네다의 심미적 지평 안에서 역사는 여전히 전쟁 중이다. 그 전쟁을 직접 겪은 그의 몸은 폭력과 강압의 대상이다. 거기서 살아남기 위해 가모네다는 환상성을 붙잡는다. 그의 몸이 기억하는 과거의 파편과 흔적, 느낌과 환영이 시적 음률을 타고 자유분방하게 흐른다. 그 응축이 처절하다. 그러나 그만큼 아름답다.

> 창유리 사이에서 비명 소리
> 사랑의 순간에만 보이는 상처들
> 대체 몇 시인가
> 우리의 청춘에 어떤 풀이 자라고 있는가

동이 트고 있다
당신 상처는 아직도 밤이다

그러나 낮의 칼이 이미 오고 있다

빛에 옷 벗지 마라
눈을 감으라

Temes mis manos

pero a veces sonríes y te acarícias
[en ti misma

y, sin saberlo, extiendes luz en
[torno a ti

y yo adelanto mis manos y no
[llego a tocarte; únicamente

acaricio tu luz.

Antonio Gamoneda de Cecilia — 2000-2004

안토니오 가모네다의 자필 원고

내 입에서 당신의 뺨까지

내 입에서 당신의 뺨까지

안토니오 가모네다

최낙원 옮김

문학의숲

차례

나는 누구일까

어두운 단어들로 내게 말하는 사람은 누구일까

갑자기 다른 기압에 굴복한 나는 누구일까

이 돌의 공간에서 누구의 목소리가 울리고 있는 걸까

먼지의 먼지가 된 목수의 목소리일까

침묵할 수 없는 순례자들의 목소리일까

내 이름은 어디에 있을까

누가 내 이름을 가져가려 하는 걸까

바람이 머리 위의 모자를 앗아가듯

누가 그 이름을 빼앗으려 하는 걸까

내 입에서 당신의 뺨까지

내 입에서 당신의 뺨까지
쓰디쓴 길이 뻗어 있다
벌거벗은 당신의 가슴
내 손에 재를 뿌린다

당신의 시선과 내 목소리 사이에
죽음이 떨고 있는가

아름다움은 달콤한 잠을

아름다움은 달콤한 잠을
주지 않습니다
그것은 얼음의 푸른 불면 속으로
번득이는 번개의 실체 속으로
퍼져 나갑니다

아름다움은
생생한 석회 안
불타오르는 얇은 판 안에서
쉼 없이 돌아갑니다
현기증이 그것의 완결이지요

아름다움은
비겁한 자들이 머무는
곳이 아닙니다

나의 생각이여
부디 그 빛 안에서
살라

나는 자유 안에서 죽고 싶습니다

만일 누군가 나를

만일 누군가 나를
끝이 날카로운 몽둥이로 때리고
자유의 칼질로 상처 낸다면
나의 외마디 소리와
산산조각 난 붉은 심장에
빛이 가득 찰 것입니다

아, 화염!
붉고 빠른 빛줄기
그림자의 띠, 분노의 채찍이
함께 있는 공간

지금 나는 성장의 나이,
고통의 거친 강을
이해합니다

나의 마음은 번민의 끝으로
올라가고 있습니다

이곳은 고통이

이곳은 고통이
사람들을 재는 땅
귀족들은 자신의 충성스러운 꿩으로
비겁한 자들은 자신의 충성스러운 통곡으로
고통 주는 땅

아름다움이 고문으로 작용하고
불의가 빵을 주는 곳
그대여 언젠가
고통이 근원인 자들을 위해
즐거이 축배를 들라

우리는
신이라도 바라보면 눈이 멀
강한 빛에 이르려 살고 있다

탕진하듯 투척하라
마음을 불에 던지는 자처럼
침묵에 고뇌를 던져 버려라

20년 후에

내가 열네 살이었을 때
사람들은 나를 늦게까지 일 시켰네
집에 돌아오면
어머니가 내 머리를 손으로 받아 주셨네

나는
태양과 대지를
숲에서 노는 벗들의 떠들썩한 소리를
밤의 모닥불을
건강, 우정, 마음을 살찌우는 모든 것을
사랑하는 소년이었네

어느 겨울 새벽 다섯 시
어머니가 내 침대가로 오셨네
내 이름을 부르며 얼굴을 어루만져 주셨네
잠이 깰 때까지

나는 날이 밝기 전에 거리로 나갔네
내 눈은 추위로 감각이 없어지는 것 같았네

거리를 걷는 일도 아름답고
내 발자국 소리를 듣는 것도 아름답고
잠자는 사람들의 밤을 느끼는 것도 아름답고
하나의 존재인 양 동일한 잠을 자고
동일한 존재의 휴식을 취하는 그들
이해하는 것도 아름답지만

나는 일을 하러 갔네
                사무실은
냄새가 났고 나는 고통스러워했네
                곧
여인들이 와
                조용히
바닥을 닦기 시작했네

20년
                나는
몸이 불었고 그날의 일들을 잊어버렸네
이제 밤도

잔디밭에서 노는 아이들의 노랫소리도 이해 못하네
그러나
나보다 더 현실적인 거대한 힘이
내 안에 있음을 안다네
내 뼈 안에서 움직이고 있음을 안다네

지칠 줄 모르는 땅
             당신이
알고 있는 견고한 평화
             우리의 존재를
우리 자신에게
           주십시오

왕복

당신은 천천히 도시를 가로질렀습니다
당신은 딱 한 번 일하러 가지 않거나
약을 사러 가지 않거나
편지를 전달하러 가지 않습니다

이제 당신은 운이 좋습니다
이 밤이 온통 당신의 것입니다
밤이 당신을 둘러쌉니다
마치 어머니의 품 안에 있는 것 같습니다
별 밑에 존재한다는 것이 참으로 즐겁습니다

그렇게 당신은 천천히 어둠 속을 가고 있습니다
거리를 걷고 당신의 발자국 소리를 듣는 것이
좋다는 것을 압니다
잠자는 사람들의 밤을 느끼는 것도
하나의 존재인 양 동일한 잠을 자고
동일한 존재의 휴식을 취하는 이들을
이해하는 일도 좋다는 것을 압니다

그러나 당신은 길 안으로 더 들어갑니다
모퉁이를 돌자
불면의 빈곤을 봅니다
친어머니의 부재를 봅니다
그 후 당신의 심장이 몹시 무거워지고 있음을
알게 되지요

이제 당신은 돌아갑니다

풍경

나는
꽃 없는 산을 보았습니다
붉은 비석을 보았습니다
텅 빈
마을을 보았습니다.
내려가는 그늘을 보았습니다
아가위나무 사이에서
햇빛은 끓고 있었습니다
나는 아무것도 이해하지 못합니다
그저 아름다움을 바라볼 뿐입니다

　　　믿을 수 없습니다

계단 블루스

한 여인이 고통이 가득 담긴 솥을 지고
계단을 오르네
그 여인이 고통이 가득 담긴 솥을 지고
계단을 또 오르네

나는 계단에서 여인을 만났네
그녀는 내 앞에서 시선을 떨구었네
나는 고통을 지고 있는 여인을 만났네

그 계단에서 나는 결코 평화롭지 못했네

어머니와의 대화

어머니,
당신은 우리와 함께하지 않은 사람의 옷처럼
침묵 속에 있습니다
나는 당신의 눈꺼풀 그 흰 끝을 바라봅니다
아무것도 생각할 수가 없군요

어머니,
나는 노래의 숨결 속에 깃든
모든 것을 잊고 싶어요
매일 당신의 손으로 내 목덜미를 쓰다듬어 주세요
고독이 다시 돌아오지 않도록

어머니,
당신의 얼굴에 세상이 보입니다
더 이상 벽에서 찾지 마세요
당신이 사랑하는 얼굴을 천천히 바라보세요
그곳에서 내 얼굴을 찾아 주세요

어머니,

나는 당신의 손길을 느낍니다
내가 태어나기 전 당신이 내 손길을 느꼈듯이
인간의 심층 속에 길을 잃고서야 당신을 느낍니다

어머니,
다시는 나에게 대지를 숨기지 마세요
이것이 나의 조건입니다
                    그리고 희망입니다

사랑

내가 사랑하는 방법은 단순하다네
당신을 나에게 밀착시키는 것
정의가 조금이라도 남아 있다는 듯
그 정의를 당신에게 몸으로 줄 수 있다는 듯

당신의 머리칼을 뒤적이며 쓰다듬을 때
내 손에 아름다운 무언가가 만들어지네

더는 알지 못하네
오직 당신과 편히 있고 싶고
가끔은 내 마음을 누르는
알 수 없는 의무감
그리고 평안히 있고 싶을 뿐

너

어떤 얼굴에 반했네
그 숨결과 그 입에 함께 존재하는 것

위험에 처하자
너는 소리를 질러 댔지
그러나 다른 사람의 목구멍 안이었어
네 몸이 일어섰을 때
다른 사람의 품속이었지

그때, 너는 깨달았네
너의 욕망이, 너의 고통이
절대로 전과 같지 않다는 것을

너는 징후를 보지 못하네
너는 모든 의심을 멸시하지
그대여, 당신의 생각은
침묵을 지키는 거울이 아니라오
사랑이고 운명이며 행동이고 존재라네

나는 의자 위로 떨어진다

내가 의자 위로 떨어질 때
나의 머리가 죽음을 스칠 때
내가 손으로 냄비의 어둠을 잡을 때
슬픔을 대표하는 서류를 바라볼 때
나를 붙잡아 주는 그대가 우정입니다

녹이 절망의 맛처럼 내 혀에 내려앉았네

녹綠이 절망의 맛처럼 내 혀에 내려앉았네
망각이 혀에 들어와 그것 외에 다른 행동을 할 수 없었네
불가능 외에 다른 가치를 받아들일 수 없었네

바다가 물러간 나라에 정박해 있는 녹슨 배처럼
휴식 중인 나의 뼈들이 항복하는 소리를 들었네

내게 남아 있는 것에 벌레가 기어들고
그늘이 수축하는 소리를 들었네

내 영혼 속 진실이 자신의 존재를 중단하는
소리까지 들었네

나는 완성된 침묵에 저항할 수 없었네

나는 기도를 믿지 않네
그러나 기도는 나를 믿는다네

그것은 피할 수 없는 이끼처럼 다시 찾아왔네

발효된 여름이 내 마음에 들어오고
피곤에 지친 나의 손은 천천히 미끄러지네

그늘을 비추지도 않고
대기를 비거덕거리지도 않으며
얼굴들이 오네

마치 내 눈에 담긴 것에만
내 말의 일체성 안에만
그리고 밀도 높은 내 청각 안에만 있다는 듯
골격도 없이 통로도 없이 오네

순종적이라네,
어둠 속에 피신해 있는 건강처럼
그것이 모이는 것을 느끼네

그것은 내 안의 우정이라네

일상의 부드러운 손이 만들어 주는

하나의 소모梳毛라네

무거움이 수은 비석에 새겨진

무거움이 수은 비석에 새겨진 이 나라, 이 시대

나는 숲 속 깊이 들어갑니다
당신의 축축한 겨드랑이 밑으로 나를 부르도록
무성한 호랑가시나무 숲으로 미끄러져 들어갑니다

쓰러진 가지 위에 아직 빛이 남아 있습니다 당신과 몇몇 얼굴
들이 야생의 소립자처럼 움직이고 그 음절 속에서 내 자신을 발
견합니다

소리의 촉광까지 뚫고 들어간,
잔잔한 물속에 내 몸을 가라앉힌,
내 얼굴을 숭고함의 연고로 감싼 후
절정에 이른 정액처럼

그것은 영광이 아닙니다,
내 뼈 위에 자줏빛 천이 떨어진 것이 아닙니다

더 오래되고 더 아름다운 것,

식초로 기운을 북돋워 다시 푸른빛을 띨 때까지 하는 것,
칼을 앞으로 내밀고 검객을 영화롭게 하는
삼출滲出의 습기로 적신 후
거두어들이는 것입니다

가난이 나를 비난하지 않고 나 또한 순수했던 때,
그리고 부정을 당연시하던 때와 나를 구별시킨
반지를 준 가난에 감사합니다

나는 이 땅의 모든 더러운 증거를 냄새 맡습니다
그리고 결코 화해하지 않습니다
그러나 내게 남은 것들을 사랑하지요

나는 늙었습니다 몸에 상흔이 있습니다
방문객들이 막 도착했습니다
상처 앞에 개미들이 도열해 있어요

내 머리칼의 분노 속에 숨어 있는 풍요를 느낍니다
우리를 버린 많은 것들이 미끄러지는 소리를 듣습니다

나는 동정同情 안에 멈추었습니다
동정이 내 딸 마음속 메달의 왕자들에게
나를 넘겼기 때문입니다

나는 그 왕자들과 함께 증발하려 합니다
아마도 왕자들에게는 해롭겠지요
그러나 어두컴컴한 그릇에 저장된 과일즙처럼
백성에게는 흥분이 넘치는 달콤한 일입니다

나는 진실에 도움을 구하지 않습니다
진실이 안 된다 답하면서
내 몸에 산酸을 뿌렸기 때문입니다

비둘기의 배 속에는 어떤 진실이 있을까요

진실은 말에 있을까요, 거울 안에 있을까요

아니면 왕자들이 묻는 질문의 대답 속에 있을까요

그렇다면 도공陶工의 질문에는 어떤 답이 있나요

당신이 옷[1]을 위로 올리면 몸이 나타나지만 그것은 질문이 아닙니다

끈처럼 말라 버린 언어들,
움직이지 않는 모퉁이의 언어들,
얇은 금속판이 된 언어들,
박탈당한, 굶주린 언어들은 무엇을 위한 것인가요

좋습니다, 나는 한 번이라도 아스팔트처럼,
온몸의 털처럼 냉소적인 때가 있었던가

아니, 아스팔트는 나의 기억을 가지고 있고
나의 외침은 상실과 적대감을 말하고 있습니다

1 _ 원어는 'túnica'인데 로마 사람들이 즐겨 입던 원통형의 소매 없는 옷을
　　말한다.

잔인함은 우리를

잔인함은 우리를 거룩한 동물과 비슷한 존재로 만들었고
우리는 장중하게 행동했습니다
우리의 영혼 안에서 위대한 제사를 치르리라 약속했습니다

우리는 액체를 발견했고, 그것이 우리의 욕망을 눌렀습니다 어
머니가 우리에게 남긴 리넨 천과 비늘이 떨어져 나갔고, 우리는
믿음을 통과하고 있었습니다

탈주 전의 모든 몸짓들이 나이가 들면서
사라졌습니다.

여행길의 절정에 이른 키 큰 여행자를 상상해 보십시오, 길이
발 앞에서 사라지고 도시가 제자리를 바꾼다고 상상해 보십시
오, 여행자는 길을 잘못 들었을 때보다 더 화나고 여행이 무익하
게 느껴질 것입니다

우리의 나이가 이와 같았습니다, 우리는 믿음을 통과하고 있었
습니다

신음할 줄 아는 사람은 진실에 대항하는 사람에 의해 재갈 물
렸습니다
진실은 배반으로 통했습니다.

어떤 사람이 재갈 물려 여행하는 법을 배웠습니다
이 사람은 너무도 능숙하여
배반이 필요 없는 나라, 진실이 없는 나라를 점쳤습니다

폐쇄된 나라였습니다 불투명不透明이 유일했지요

마치 현무암 속의 현무암처럼, 부동不動에 눈멀고, 망각이
나를 소유했습니다 그것이 나의 휴식이었습니다

움직이지 않았습니다 움직이지 않았습니다, 그러나 나의 작품
은 축소되었고
모성을 향해 뒤로 물러섰습니다

침묵 속에서 나의 청각의 힘 역시 여위어 갔습니다

칼 꿈을 꾸는 어린 자식을 둔 어머니처럼

칼 꿈을 꾸는 어린 자식을 둔 어머니처럼
내 마음 당신에게 있습니다

나는 내 몸을 두른 낡은 붕대 외에
어떤 것도 당신에게 올려놓지 않겠습니다
내 눈 안에 쉬고 있는 기름 외에
어떤 것도 당신에게 올려놓지 않겠습니다

침묵은 분명 무서운 이야기입니다
그러나 절망을 계승하는 건강도 있습니다

버려진 교역交易의 평화를 기억하십시오
망각이 썩어 가던 방의 달콤함을 기억하십시오
아무도 옳지 않았고, 아무도 희망을 가지지 않았습니다
이제 우리는 무엇을 할 수 있을까요

칼새들이 호두나무 사이를 지나갑니다
그들의 소리가 내 위에서 떨립니다

아들아, 너는 멀리 비명 속에 잠들어 있구나
네 손가락 밑에서 미끄러지는 선생들과
여인들을 곧잘 미치게 했던 네가 말이다

너는 내 앞에 음식과 거짓을 나누러 와도 된단다
왜 너는 가벼운 돌로 파낸 빈 곳에서 네 혀를 태우고 있니?
왜 너는 냉혹한 씨앗에,
우생優生의 아마亞麻 씨앗에 마음을 열고 있니?

너는 내 손 안에서는 노래를 부르지만
네 아름다움 위에서는 말을 취소하고 있어

네가 가까이만 한다면, 너는 훨씬 좋은 일을 할 거야

내 기억은 오래전 가라앉은 강처럼

내 기억은 오래전 가라앉은 강처럼
노란빛을 띤 채 엉망입니다

내 기억은 엉망입니다, 저 멀리 기억이 있기 전
귀환이 없는 나라가 있었습니다
아마도 존재가 없었겠지요

기다랗고 달콤한 풀들
농도 깊은 낮잠[1]
눈꺼풀 위의 꿀

삼출滲出이었습니다, 시간을 뚫고 깊이 들어갔지요
벌레들은 끝없이 늘어났고 고요가 우리를 사로잡았습니다
그러나 그 시절은 이제 존재하지 않습니다
나누어지기 전의 음악처럼 움직임이 없습니다

제거할 수 없는 담석처럼 나의 기억은 엉망인 채 노란빛을 띠
고 있지요
나는 무용無用의 외침 위에 막을 펼치고 있었습니다

그것이 나의 정의였지요
그러나 내 영혼에 남은 것은 무엇인가요

정의 속에서 나를 찾지 마십시오, 당신은
중병 앓는 짐승의 혀에 깃든 등에처럼
교회에서나 참을 수 없는 예언에서
내 몸을 만나지 못할 것입니다

나의 우정은 당신 위에 있지요
그런데 당신은 내 우정 밑에 있지 않습니다
나는 탈취당한 자가 아닙니다 당신의 아름다움은 완고하지요
그러나 나의 피로가 당신의 아름다움보다 더 깊군요

1 _ 원어는 'siesta'로 날씨가 더운 스페인에서 행해지는 잠을 포함한 낮 휴식
을 말한다.

리넨 천을 펼치듯 적의를 당신 가슴에

나는 리넨 천을 펼치듯 적의敵意를 당신 가슴에 펼쳤습니다

당신 가슴은 보랏빛 원 안에서 이성을 잃게 할 만큼 향기로웠지요

박해로 어두워진 당신의 머리칼 속에도 적의를 놓았습니다

적의는 나의 청춘 위로도 확장되었지요

환상이 당시 존재하던 눈雪 너머 사라질 때까지 나는 저항했습니다

그 후 나의 채소와 나를 인지하는 시선으로 다시 되돌아갔지요

비록 당신 가슴에 있는 것보다 더 검은 동전을 받아들이기는 했지만

나 자신을 위로하려고 한 일이 아니었습니다

다만 치유될 수 없는 일에 호응하기 위해서였습니다

사랑의 도구처럼 아직도 내가 떨고 있다는 사실이 이상합니다

아직도 사랑이, 깊숙이 숨어 있는 늪지로

너무나 잘못되어 거지들조차 의심의 오줌을 갈기는

그런 구멍으로 여겨진다는 사실이 이상합니다

나는 당신 뼛속 깊이 들어갔습니다

내 힘을 넘어서, 가능성을 넘어서

나는 당신 배 속에서 울려 퍼졌습니다
수많은 나날을 당신 안에서 두려움이 생길 때까지
수많은 시간을 당신 안에서 두려움이 생길 때까지
두려움이 내 조국의 양식이라는 사실을
이해할 때까지 수많은 나날
배반이 거름처럼 사용되고
거짓이 난무하여
입 안에서 펄펄 끓는 노년기로
내 영혼이 인도되었습니다

밀고로 청춘은 나를 버렸습니다

밀고密告로 청춘은 나를 버렸습니다

모든 모욕과 욕정의 대상이 된
꽃 색깔에 도달한 저 관棺들의
상처를 아물게 하는 산업이 존재하고

내가 나의 희생을 계승하고
희생의 아름다움이 나의 뒤에 있는 지금

나는 비로소 살 만한 가치가 있는 자로 삽니다
그러나 아무리 빠른 동물도
제 그늘 밑에서는 쉬지 못합니다

좋습니다, 청춘이여
언젠가 당신도 날개를 가졌었지요 그러나 이제는
황금빛 풀만 남아 있군요[1]
그리고 내가 훑을 수 있지만 그렇게 하지 않은
그래서 당신의 수의에 충실하게 될
먼지투성이의 다른 호칭들도

이 축축한 곳에 축소된 탈들이,
박쥐의 이빨처럼 빛나는 탈들이 살고 있습니다
그것의 공포가 받아들여집니다

열매를 맺는 물이 나타나고 그것의 본질이
우리에게 남겨진 것의 평화 속에 있지요.

좋습니다, 청춘이여
왜 쓸데없이 나는 당신을 잊으려고 할까요

나는 당신의 소멸과 협정을 맺겠습니다
이제 당신은 목 위에 얹힌
버터처럼 나에게 고분고분할 것입니다

1_ 그리스 신화에서 다이달로스의 아들로서 백랍으로 만든 날개를 달고 미
   궁을 탈출하다가 태양 근처에 너무 가까이 접근하여 날개가 녹아 바다에
   빠져 죽은 이카로스를 암시한다.

살 만한 가치가 있는 유일한 날

이날은 살 만한 가치가 있는 유일한 날이라네
다른 날들은 부인否認의 날이었다네

사제도 부인했고
상인도 명예가 있는 자도 부인했네

어린이들도
정당한 이유로 고문에 대항하는 자들도
그리고 우정에 사로잡힌 자들도 부인했네

내 혀가 알았던 넓적다리들은 오므라들었고
내 입술에 닿았던 젖꼭지들은 규토처럼 단단해졌네

어머니들과 조명照明이 거주한 시대가 있었네
그러나 그 후, 몸을 수색하고
몸마다 자신의 힘으로 쫓아가는 날들이 발생했네
그때 밀고가 있었고 몇몇 사람은 죽음을 맞이했네
다른 사람들은 어머니에게 돌아갔네

어머니들은 그들의 배腹 안에서 눈이 멀었지

그 나라에는 자리가 없었네

사람마다 눈물을 흘리며 그 도시를 떠났네
오랫동안 그에 대해 알 수 없었네

다른 시절로 뻗은 수국이

다른 시절로 뻗은 수국이
내 몸 위 거실을 장식하고 있습니다

나는 8월 가지에 가두어 놓은
꿩의 비명 소리를 듣습니다

보이지 않는 어떤 동물이 내 시야 밖
목재를 갉아먹고 있습니다

이렇게 적막감이 커지면
어머니가 뿌린 겨자 소스 냄새가 진동합니다

지금 나는 벌레 없는 깨끗한 침구에서 회복 중에 있습니다

장엄과 순수가 존재한 이래
많은 날 그것을 앞서 간
빛의 압박의 원인이
내 유년기의 창문입니다

이 공간에서
나는 당신의 달콤함과 회합을 가졌습니다
당신은 내 눈 앞에서 그것을
배반했지요

지금 당신은 고뇌하는 자들을 위해 마련된 기름처럼
친절하고 차분합니다

지금 당신은 나를 손에 쥐고 있으며
모든 당신 얼굴의 표정을 내게서 발견합니다.

당신은 수없이 상처 위에 입술을 댔습니다
당신은 수없이 음험한 토끼처럼 말을 번복했습니다

당신은 음식 속
당신이 견딜 수 없는 유황에 함락되어

당신 시선으로 나를 수없이 받아들이지 않았습니까
불타오르는 양홍빛 글에 나를 수없이 참여시키지 않았습니까

수없이 나의 존재에 무너져 내리지 않았습니까
많은 것을 희생한 시절이었습니다

당신은 검은 방울새를 불러댔고 움직임 없는 오후
나무들이 우리 위로 기울어지도록 했습니다
그동안 경찰은 우리의 이름을 쓰고 있었지요

다른 날은 표백제를 너무 많이 쓴 식탁 위로
푸르게 넘쳐흐른 알코올에 사로잡혀
노래를 부르곤 했습니다

바늘금작화 길이 당신 집까지 나 있었고
그곳은 항상 겨울이었습니다
아, 내가 당신 치아를 얼마나 많이 느꼈던가요
아, 내가 얼마나 오랫동안 당신 이야기를 들었던가요
당신을 사랑하면서도
당신의 사라짐을 내가 얼마나 간절히 바랐던가요

잠시 석양이 나를 방문했네

잠시 석양이 나를 방문했네
그러나 그것의 깊이와 나는 관계없다네

나는 돌아왔네, 신중한, 조심스러운 부모가
뼛속까지 쫓기는 그곳으로

그러나 이것은 당신을 살리는 대가로
내가 사들인 정전停戰이 아니라네

반복하지만 지금 당신은 친절하다네,
수국이 지지 않는 공간까지 나를 동행했으니

저 다락방에서 비둘기의 포효를 느끼네, 혼인의 나라라네, 당
신은 배설한 변에 담긴 비둘기의 미덕을 아시는지

이것과 저것에서 나는 당신을 받아들이네, 오직 이렇게, 썩지
않은 막을 통해 드러난 당신 얼굴 안 나를 보면서

비록 당신이 내 어머니 안에서 나를 사랑할지라도

모든 거리는 자신의 침묵을 지니고 있다

모든 거리距離는 자신의 침묵을 지니고 있다

죽은 뒤에도
석회를 운반하는 동물들이 참여한 비석들

당신의 영혼이 간직한 분노의 기억보다 그들 무게의 기억이 더
많다

모든 거리는 자신의 안식을 가지고 있다

모든 거리距離는 자신의 안식을 가지고 있다
남아 있는 분노는 발기하지 않고

여인들은 평정의 나무 아래 빛을 잃었다

화재의 입자에는 어떤 표시가 남아 있을까요, 저 주저하는 입
술들

유향나무에서 누가 자신의 심장보다 더 깊이 들어갈 수 있을
까

숨겨져 있는 열매들은 익지 않았다
결백에 굳어진 손들은 이삭을 줍지 않았다

가장 순수한 목소리의 고발이 샘을 연다
그러나 이미 늦었다

이 나라를 바람이 불사르지 않았다
어떤 떼'에 긁히지도 않았다 지금

죽음의 완성이 내 영혼에 있다

1 _ 원어는 'rebaño'로 보통 짐승이나 가축의 떼를 가리키는 말로 쓰인다.

어질증 앓는 흰머리의 어머니들

순백에 몰입되고 움직이지 않는 리넨 천에 눈먼 어느 여인이
기념할 어느 때 나에 대해 말합니다 커다란 바람 날개 아래
다른 나이의 내 이름을 말합니다 죽음의 어머니입니다
이 힘은 그녀의 말에 있습니다

얼음 언 곳의 호랑가시나무처럼 나의 이름은 보이지 않는 형태로
커져 갑니다

그리고 저 속삭임에 굴복하여 소멸의 빛이 열립니다

역전된 하상河床의 떨림, 있음직하지 않은 얼굴 표정들, 그것이
우리 행동에 남아 있습니다, 그전에 나날들이 지나갔습니다,
평온에
피가 있었습니다

나날들은 내 눈꺼풀 안에서 짙은 농도를 띠었습니다

한 여자가 그림으로 묘사를 하고 있습니다
(광채가 내 죽음에 있습니다

날이 긴 강철처럼 광채가 내 죽음에 있습니다)

들끓는 땅(소음 없는 저 부르짖음), 들끓는 감옥에 갇힌 실체
새벽의 솔개 아래서
인광을 발하는 곳을 향한
공동 세탁장을 향한 사람들의 뽑아냄

이齒 속에서 부드러워진, 성찬배聖餐杯에 희생된,
감염된 물 아래의 나날들

보이지 않는 형상에 익숙한 입술에서
진실이 도망치고 있습니다

내 유년 시절은 발효를 멈추었습니다, 공포도 멈추었습니다
이 공허는 거대합니다

무덤을 갖지 않은 땅, 어질증 앓는 흰머리의 어머니들

이것이 나의 조국에 남아 있습니다

침묵과 같은 풀

침묵과 같은 풀
만족한 고집불통 벌레들이 통과한 풀

볕 쪼인 페이지 밑의 멈추지 않는 휴식
저 풀을 잘 감시하라

이것이 근친상간 탓으로 돌린,
도망치는 동물과 동행한,
역사 탓으로 돌린,
사망자들과 고문서들이 축적한 빚입니다

모든 것이 평온 속에서 반드시 죽을 것입니다
꿈을 빼앗긴 자를 위한 나라가 있습니다

그의 환상은 영원의 약처럼 너무도 하얗습니다.

잡동사니 창고에서 당신은 시샘의 책을 펼칩니다
당신 형제들로부터 배운 전기電氣의 노래를 읽습니다
당신은 모욕적인 대우에 파랗게 질렸습니다

나의 미래는 회개에 머물고 있습니다

당신의 빈 잔¹ 앞에 나의 미래는 벌레들의 동지가 되었습니다

고갈된 작품 속에서 마음이 무거워집니다

1_ 원문의 단어는 'jícara'로 호리병박나무의 열매껍질로 만든 작은 목재 잔
을 말한다.

당신은 거짓에 대해 무엇을 알고 있나요

당신은 거짓에 대해 무엇을 알고 있나요
혐오감의 딱지 아래서
비겁한 자의 두드러기 안에서

고상한 금속이,
불탄 한 줌의 손톱이
죽음으로 심화되고 있습니다
쓸모없는 열정입니다

풀 연구에 모아 놓은
그늘진 하구의
탐나는 녹색 가면들의 즐거움입니다

기억의 숙련에,
피곤한 사람들의 검열에,
저항하는 유일한 화해의 종이지요
그것은 물밑 종달새의 외침처럼 신선합니다

아, 보이지 않는 칼에 비워진 마음속 거짓이여

인광이 나를 살찌웠습니다

인광이 나를 살찌웠습니다
당신은 내 어머니 가랑이 밑에서
거짓을 창조했습니다
고통은 존재하지 않았고
당신은 동정同情을 만들어 냈습니다

당신은 수국으로 돌아왔고
경찰서장의 안경 밑에서 흐느꼈습니다
나는 무용無用의 빛을 보았습니다

나의 입은 기도에 냉담합니다
우리에게는 이해할 수 없는 이야기가 남겨졌습니다
배신은 침범할 수 없는 마음속에서 번영을 누립니다

거짓의 깊이, 죽음의 거울에 비친 나의 모든 행위들
우둔함의 입구에 아직 잠 깨어 있는
영웅들의 살갗 위로
석탄이 빛을 내고 있습니다

그리고 창유리 사이에서 비명 소리
사랑의 순간에만 보이는 상처들

대체 몇 시인가요
우리의 청춘에 어떤 풀이 자라고 있나요

당신은 침묵의 새에 의해 소집된

당신은 침묵의 새에 의해 소집된
회색의 부동不動을 향해
울면서 내려갑니다

광채와 어둠을 구별 못하는
그치지 않는 바다가 있지요

번개가 사는 당신의 유년 시절

광채와 어둠은 같은 실체 안에 존재합니다

노란색의 귀부인이여

노란색의 귀부인이여, 당신은 발기에 몸이 끓고 있네요
이것은 누락된 물, 겨울의 액체랍니다

내 마음속의 귀부인, 그녀의 빛은 나를 노쇠하게 만들지요

당신은 음란이며 동시에 희망입니다

광채와 죽음 사이 저 대기는

광채와 죽음 사이 저 대기는
세월과 바람이 지우지 못하는 실체가 된다
이 투명한 리넨 천이 나이의 내용이다

정확한, 그러나 이해할 수 없는 기호들
내 안에서 상처의 빛을 내며 존재한다
몇몇 숫자들이 내 눈에 불타고 있다

겨울의 목초 위에서 자라납니다

겨울의 목초 위에서 자라납니다
토리오 강[1] 성토盛土된 땅을 향하여
양치는 사람의 자취 위에 자라납니다
측량 기사들이 동전을 듭니다
로마 갈바 황제[2] 군단의 통치를 암시하는
그 동전들은
산소酸素에 지워졌습니다
사랑하는 사람의 피부 밑 정맥과 같은 푸른 방울

숯가마에서 가난이 자살을 선언하는 건물로 올라갑니다
개울은 화재 앞의 독사처럼 뒷걸음질 칩니다
부동산의 정열이지요
아, 서글픔이 저 산처럼 겨울 목초 위에 자라납니다

전원시[1]

샘물 곁에서 추위를 타던 나는
내 마음이 피곤할 때까지 올라갑니다

산 중턱에 검은 풀이 있고
그늘 사이에 보랏빛 백합이 있지요
그런데 심연 앞에서 나는 무엇을 할까요

조용한 독수리 밑에서
광대함은 그 의미를 잃어 갑니다

인광이 번쩍거리는 생식력 넘치는 암말,
번개에 의해 갈라진,
내 머리칼에 담긴 두려움과 행복을 기억합니다
그 후, 물과 망각

나는 가끔 슬픔의 거대한 기계 위에서
산의 광채를 봅니다

1 _ 원문은 'Geórgicas'로 로마 시인 비르질리우스의 목가풍 시 작품을 뜻한다.

눈 파수꾼

속도가 흰 풀 위에서 빨라졌습니다

어느 날 날개를 느꼈습니다
그리고 다른 시절을 듣기 위해 멈춰 섰습니다
분명 검은 꽃잎들이 고동치고 있었습니다, 그러나 헛수고였지요
냉담한 개똥지빠귀들이
겨울의 날선 가지들을 향해
멀어져 가는 것을 보았습니다

그러다 방향을 정하지 못하고 다시 빨라졌습니다

아직도 1

나의 유일한 열정이
가난과 비였던 적이 있었네

지금 나는 한계의 순수함을 느끼네
내가 혹시 열정의 이름을 안다면
그 열정은 나에게 존재하지 않을 거라네

아직도 2

나는 두려움도 희망도 없습니다
마지막 숙소 밖에서 검은 해변을 바라봅니다
어느 먼 도시의 커다란 눈꺼풀을 바라봅니다
그 도시의 고통과 나는 관계가 없지요

메탄가스와 사랑에게서 내가 나옵니다
죽음의 관 밑은 추웠습니다

나는 지금 바다를 바라봅니다
나는 두려움도 희망도 없습니다

순결치 못한 빠바나[1] 1

그들 손에 있는 너의 머리칼
눈들 파수꾼 손에서 불타고 있구나

보리들이지, 뱀들의 낮잠이지
그리고 과거의 네 머리칼

너의 눈을 뜨렴
내가 흰 보리들을 볼 수 있도록
눈 파수꾼 손에 들린 너의 머리

---

1 _ 원문은 'Pavana'로 스페인의 옛날 춤을 가리키기도 하고 옛날 부인들의
숄(망토)을 지칭하기도 한다. 여기에서는 이러한 춤을 추는 여인, 혹은 위
의 의상을 걸친 여인을 뜻한다.

순결치 못한 빠바나 2

흰색 침실로 들어갑니다

곧 죽을 손에 들린
슬픔의 항아리가 너무 큽니다

흰색 침실로 다시 들어갑니다

순결치 못한 빠바나 3

당신의 눈 속에서 나는 늙어 버렸습니다
당신은 달콤 그 자체였고 또 절멸이었습니다
나는 당신 몸이 만드는 밤의 열매 안에서
당신 몸을 사랑했습니다

당신의 순진함은 내 얼굴 앞에 놓인 칼과 같습니다

그러나 당신은 내 마음을 짓누르고 있네요
죽음을 향해 갈 때, 내 입술에서
검은 꿀처럼, 당신을 느낍니다

토요일 1

나의 얼굴이 맹인 조각가 손에서
달아오르고 있네

그는 움직이지 않는 뜰¹의 순결함 속에서
달콤한 자살을 생각하고 있다네
지금 노쇠老衰를 만들고 있는 거라네

어제와 오늘은 내 마음속에서
이미 같은 날이네

1_ 원문은 'patio'로 스페인 식 가옥의 중앙 뜰을 말한다.

토요일 2

울고 있는 저 짐승
그것은 노랗게 되기 전
당신 영혼에 있었습니다

흰 상처를 핥고 있는 짐승

자비에 눈이 멀었지요

빛 속에서 잠들고 그래서 불쌍한,

저 짐승이 번개로 고뇌하고 있습니다

푸른 심장의 여인이 쉴 새 없이 당신 양분을 취합니다

그 여인이 분노 속 당신의 어머니입니다

잊지 못하는 그 여인이 침묵 속에 나체가 되었습니다

그녀는 당신 눈에 음악이었습니다

평온 속의 어질증
육체의 실체가 거울로 들어가고 비둘기가 불타고 있습니다
당신은 판단과 폭풍과 통곡의 그림을 그리고 있네요

이것이 노쇠의 빛입니다

이것이 흰 상처의 출현입니다

내 앞에 성벽이 있습니다

밀도 높은 대기에
보이지 않은 표식이 있습니다

풀, 거기서 나온 한 가닥 실이
어둠 가득한 마음속으로 들어갑니다

사랑의 잔재 속에 낀 이끼

토요일 3

자살한 사람들의 입술 안에서
당신 이름은
오직 바람이었네

당신 얼굴을 비가 경작했네
눈먼 탈 위에
비참한 주름살 눈꺼풀 노란 입이 나타났네
그러나 비는 계속 내리고
잠시, 투명한 풀 아래 어떤 얼굴이 가능해졌네
그 아름다움이 빛과 섞였어
그러나 계속 내린 비로
통곡에 닳아진 땅처럼
사라졌네

당신의 이름과 얼굴을 알아볼 수 없었네
당신은 존재하지 않았나 보네

그럼에도 불구하고
당신은 노쇠해졌고

순결치 못한, 역시 알 수 없는
표정을 짓고 있네

한계의 냉기 1

당신 영혼의 무無가
동맥의 어둠을 뚫고 나가
당신 심장의 흰 관에서
휘파람 소리를 냅니다

당신 안 그것은
얼굴도 기억도
없습니다.

한계의 냉기 2

동이 트고 있다
당신 상처는 아직도 밤이다

그러나 낮의 칼이 이미 오고 있다

빛에 옷 벗지 마라
눈을 감으라

한계의 냉기 3

새들이 지나가는 이 실체는 빛입니까

규토의 떨림 속에
어질증에 연마된 수정水晶과 가시들이
맡겨져 있습니다

당신은
바다의 신음 소리를 느끼고 있죠
그 후

한계의 냉기도

한계의 냉기 4

나는 실종을 사랑했습니다
지금, 내게서
마지막 얼굴이 나갔습니다

나는 흰 커튼을 지나갔습니다

내 눈에는 이제
오직 빛만 있습니다

상실이 불타고 있다 1

내 눈꺼풀 밑
빛이 끓어오릅니다

재에 넋을 잃은 밤 꾀꼬리의
그 음악적인 검은 내장에서
폭풍이 발생합니다
통곡이 옛 감옥으로 내려갑니다
나는 살아 있는 박동 소리를
짐승의 움직이지 않는 시선을
내 마음속 그 차가운 바늘을
눈치챕니다

모든 것은 징조입니다, 빛은 어둠의 골수죠
여명의 촉광 속에 벌레들은 죽을 것입니다
이렇게

내 안에서 의미들은 불타오릅니다

상실이 불타고 있다 2

잠시 나타난 영원 속에
부스러기 빛이 있습니다
우리는 보이지 않는 막을 핥았습니다
그것을 사랑했지요
움직이지 않는 가지에는
겨울밖에 없습니다
모든 표식들은 비어 있지요

우리는 절대 오지 않을
개들이 버린
뼈다귀처럼
두 가지 부정否定 사이에 홀로 있습니다

완전히 타 버린 방에 낮이 들어올 것입니다
검은 봉합은 헛수고였습니다

쾌락이 남아 있습니다
우리는
우리는 이해할 수 없는 단어 안에서 불타오릅니다

상실이 불타고 있다 3

내 노년기의
휘파람 부는 언어가
사랑에 무거워 내 몸 위를 지나간다

그러다
응고된 어둠에 휩싸여
잠이 깬다

검고 습기 찬
통곡의 꽃이

밤에게서
떨어져 나간다

상실이 불타고 있다 4

상실이 불타고 있다
이미

내 어머니 머리에서 불타고 있었다
그전에는

진실이 불탔고
역시

내 생각도 불탔다
지금

나의 열정은 무심하다

　　　　　　　　나는

목재의 보이지 않는 이빨 소리를 듣는다

분노

감옥과 무덤 위에서 동이 틀 것이다

고문 받은 머리가 나를 본다
그의

상아가, 붙잡힌 번개처럼
불에 탄다

어둠을 넘어서

보이지 않는 얼굴밖에 없네

추억과 어둠 속에서

헛되이
기진맥진했네

쉼 없는 명료함 1

나는 우묵한 통곡 속에 잠긴
라벤더나무를 보았습니다
환상이 내 안에서 불타올랐습니다

투명한 궤양이 아름다운
병든 뱀들을
빗줄기 너머로 보았습니다
가시와 어둠으로 위협받은 열매들
이슬에 흥분한 풀들
나는 고뇌에 빠진 밤
꾀꼬리와 빛으로 가득 찬
그의 목구멍을 보았습니다

나는 존재를 꿈꿉니다
그것은 고문 받은 정원입니다
내 앞으로 어질증 앓는
흰머리의 어머니들이 지나갑니다

나의 생각은 영원보다 앞에 있습니다, 그러나 영원은 없지요

나는 비어 있는 무덤 앞에서
청춘을 탕진했습니다
기억 속 슬픈 모습으로 달려가는 말처럼
나를 계속 구타하는 질문으로
나는 수척합니다

내 마음의 냉기에 떨어질 줄 알면서도
아직도 나는 내 안에서 맴돌고 있습니다

노쇠함이란 이런 겁니다
쉼 없는 명료함이죠

쉼 없는 명료함 2

아마도 내 안에서 내가 나를 이어받았나 봐요
누군지 모르겠습니다, 누군가 내 안에서 죽었어요
어제를 잃은 냄새가 났습니다
그리고 빛이 위협했지요
그러나 오늘은 내 눈앞 칼입니다

나는 기묘한 사람이 되기 싫었습니다
나는 환상으로 우둔하게 되었어요
매일 빛을

핏줄 속에 넣는 일은 어렵습니다
그리고 사랑하는 얼굴로 바뀔 때까지
모르는 얼굴들의 수축 속에서 일하다가
내가 그 얼굴들을 버릴 것이기에
그 얼굴들이 나를 버릴 것이기에
울음을 터트리는 일도 어렵습니다

　　　　　　　　허위의 경계선에서
겁먹는 일은 얼마나 어리석은가요!

존재하지 않음을 버리고
그 후 매일매일 죽는 일은

얼마나 피곤한 일인가요!

세실리아[1] 1

네가 내 마음에 살포시 내려앉아
내 핏줄에 빛이 생기고
내가 달콤히
미쳐 가듯
너의 맑음 안에서
모든 것이 선명해지네

네가 내 마음에 살포시 내려앉았지

이제 내 핏줄에 빛이 생겼지

그리고 나는 달콤하게 미쳐 갔지

1 _ 안토니오 가모네다의 손녀

세실리아 2

네 손에 내 입술을 가까이 댔지
네 살갗은 꿈의 부드러움을 지니고 있었어

영원과 비슷한 어떤 것이
잠시 내 입술을
스쳐 갔네

세실리아 3

어렴풋이 기억하는 음악 소리에
이끌리는 너의 손

안녕히 다녀오세요, 라고 너는
현관에서 인사한다
우둔할 정도의 달콤함으로

안녕히 다녀오세요, 라고 너는
현관에서 인사한다

끝없는 순간이 네 손에서 떨어져 나온다

세실리아 4

너는 빛 아래 울며 네 안에 홀로 있네

네 얼굴에는 상처 입은 꽃잎이 있어

                              네 울음소리가

내 핏줄에 흐르네

너는

나의 병이자 나의 구원자

세실리아 5

월계수 잎에 붙잡힌 눈물을 보고 있구나
너의 눈은 순백과 어둠을 동시에 지녔고
새들의 침묵을 알아차리지

새들이 도망갔다는 것
다시 돌아오지 않으리라는 것
내 한계 너머
네가 존재한다는 것을
나는 알고 있어

네가 바로 눈물인걸

세실리아 6

너 꿈꾸고 있구나

존재하지 않는 것들에 겁내며
검은 정원의 신음 소리를 듣는 걸 보니

나 역시 보이지 않는 형체로
변해 가는
내 얼굴에 두려움을 느낀단다

꿈꾸는 일을 멈추려무나
아니, 차라리 네 밖에 있는 얼굴들을 꿈꾸어라

나를 바라보아라

세실리아 7

너는 깊은 연못 앞 꽃과 같구나

너는 마지막 꽃이야

절망의 심연에 비친 고독의 꽃
최낙원

안토니오 가모네다의 삶

         안토니오 가모네다는 1931년 5월 30일 스페인 오비에도에서 태어났다. 그의 아버지 역시 시인이었는데 《또 다른 더 나은 삶Otra más alta vida》(1919)이라는 시집 한 권을 남기고 가모네다가 한 살 되던 해인 1932년에 세상을 떠났다. 아버지를 여읜 그는 어머니 아멜리아 로본의 건강 때문에 1934년 레온으로 이사했다. 1936년 학교가 문을 닫자, 아버지가 유일하게 남긴 시집을 읽으면서 독학으로 글을 익혔다.

레온으로 이주한 초창기, 레온 변두리의 철도 옆 빈민가에 살았던 그는 이곳에서 스페인 내란(1936~1939)과 내란 직후에 독재자 프랑코를 지지하는 국민전선이 저지른 살육 현장을 몸소 지켜보았다. 그래서 전쟁의 비참함을 기억 속에 생생히 담아 놓게 된다. 1941년 어거스틴 수도회가 경영했던 초등학교에 들어가 이른바 공교육의 혜택을 받았으나, 2년 후인 1943년에 이마저도 그만둔다. 열네 살 되던 1945년에 지금은 없어진 상업은행에 견습 사환으로 취직한 뒤, 독학으로 중등교육 과정을 마치고 1969년까지 24년 동안 은행 직원으로 근무했다.

그는 은행원으로 근무하면서 반프랑코 운동의 조직원[1]으로 활동했다. 그의 시집 《까스띠야 블루스Blues Castellanos》와 《거짓의 기술 Descripción de la mentira》 사이에 9년이라는 시간적 공백(1966~1975

년 사이)이 있는 것은 아마도 이 정치적 활동 때문인 것으로 짐작된다. 그가 시인으로서 명성을 얻은 것은 《움직이지 않는 반역 Sublevació inmóvil》(1953~1959)을 출판하면서부터인데, 이 시집은 유명 출판사 아도나이스가 수여하는 상(가작佳作)을 받아 1960년 마드리드에서 출판되었다. 1969년에는 레온 도의회 문화사업부를 창설하여 주도적으로 활동했고, 1970년에는 도에서 주관하는 시집 시리즈 발간을 추진하여 이 지역의 진보적 문화 활동을 진작시키는 데 크게 기여했다. 그러나 8년 뒤, 공적 학력을 증명해 줄 일정 학위가 없다는 사법 판결로 말미암아 공무원 직을 잃는 아픔을 겪는다. 그 후 여러 문학잡지 활동에 적극 참여하여 지역 문화 의식을 고취하는 데 크게 공헌했다. 1979년부터 1991년까지는 농민과 노동자 교육을 위한 자유교육학교[2]의 정신 아래 1887년에 세워진

---

1 _ 이 조직은 훗날 프랑코 비밀경찰의 탄압을 받아 동료들이 자살, 발작 등 여러 이유로 조직에서 사라지면서 해체되었다.

2 _ 1876년 10월 29일 스페인의 교육개혁가 프란시스꼬 히네르 데 로스 리오스 (1839~1915)가 주축이 되어 설립한 학교. 스페인의 특정 종교, 철학, 정치로부터 철저히 독립된, 학문과 교육의 완전한 자유를 기치로 내건 스페인의 대표적 진보 사학. 당시 스페인 교육 개혁의 구심점이었던 이 학교에 스페인 진보층을 대표하는 지식인이 대거 참여했다. 주로 시골에 거주하는 우수한 학생을 모아 유럽의 선진 교육을 실시했다. 스페인의 미래를 책임질 '창조적 소수자'를 길러 내려 한 것. 종래의 교과서 위주, 암기 중심의 교육을 지양하고 능동적이고 통합적인 현장 중심 교육을 지향하여 스페인 교육 현장에 새바람을 불러일으켰다.

시에라 팸블리 재단의 대표직을 역임하기도 했다. 1988년 스페인 국가 시인 상, 2006년에 스페인 왕비의 이름을 딴 레이나 소피아 상과 스페인어권의 노벨상으로 불리는 세르반테스 상을 수상했다.

죽음의 시

안토니오 가모네다는 스페인 현대 시단에서 가장 대표적인 시인이다. 굴곡진 스페인 현대사를 온몸으로 경험한 그는 동시대 스페인 사람들의 영혼을 꿰뚫고 심층적 정서를 도려내어 그 애환을 주옥같은 스페인어로 시에 담아냈다. 그만큼 현대를 살아 온 스페인 사람들의 공감대를 형성한 시인은 드물다. 왜냐하면 그에게 시란 삶 자체이기 때문이다. 동족 간에 총부리를 겨눈 스페인 내란의 비참함과 잔인함을 체험하고 그 이후의 40년 프랑코 독재를 경험한 그였기에 과거사의 아픔과 회한은 항상 그의 뇌리를 떠나지 않고 그를 괴롭혀 왔다. 대다수의 동시대 시인들과는 다른 이력을 가진 가모네다는 생계에 대한 부담으로 열네 살 이후부터는 정규교육을 받지 못했다. 따라서 그는 지적 갈증을 독학으로 해소할 수밖에 없었다. 세 살 되는 1934년에 레온 변두리 빈민 지역으로 이주한 그는 이후 스페인 내란의 참혹함을 경험했고 프랑코 정권의 승리 후 이어지는 보복, 압제, 탄압의 현장을 눈으로 보았다. 어린 시절의 빈곤, 생계를 이어야 하는 피곤함, 아버지의 죽음, 홀어머니와의 외로운 삶으로 점철된 그의 이력은 동시대 시인들의 작품과 구별되는 그만의 독특한 시 스타일의 근원이 된다.

가모네다의 목소리 그 기저에는 상흔이 짙게 깔려 있다. 기억의 상처, 광기의 상처, 고독의 상처, 무엇보다도 죽음의 상처로 인한 흔적이 선명하다. 그의 시에서 죽음은 황폐화된 세상의 중심에 서 있다. 그에게 죽음을 생각한다는 것은 소멸의 일시적 형체 속에 사는 것과 마찬가지다. 다시 말해 죽음을 생각한다는 것은 몸에 그의 흔적을 재인식시키는 작업이라고 말할 수 있다. 몸의 소멸을 의미하는 죽음은 상상의 소멸과 연관되고, 이러한 소멸을 잘 나타내 주는 상징이 바로 차가움이다. 차가움은 시체의 감촉에서 비롯된다. 시체의 차가움은 바로 죽음의 차가움이요, 소멸의 차가움이다.

그의 시는 항상 죽음의 냄새를 풍긴다. 노란색과 푸른색이 그의 시 도처에서 죽음의 의미를 띠며 나타난다. 과거의 아픔과 회한에 대한 기억과 죽음의 이중주가 그의 시의 색조를 결정한다. 그의 시는 과거를 다시 살았으면 하는 염원의 기록이며 삶의 발산이라고 말할 수 있다.

그의 시에 자주 등장하는 노란색은 슬픔과 육체 위에 방기된 고통의 색이다. 죽음의 전조 색이라고도 할 수 있다. 가모네다 시집을 펴낸, 시인이자 평론가인 미겔 카사도Miguel Casado는 그의 노란색에 대해 이렇게 정의했다. "노란색은 세월의 흐름을 따라 죽음의 상징적 가치에 접근한 형용사이다. 이 색은 종종 닭을 비롯한 가금류를 죽였던 어린 시절을 돌이켜 보게 한다. 닭의 담즙은 노란색이다."[1] 이 외에도 "파수꾼은 (……)/ 노란 상자에서 나오지 않는다"(《이것을 숨기십니까?Ocultar esto?》), "내 머리 위로 노란빛을 놓는다/ (……) 그리고 나는 집으로 돌아간다 나는 살 수가 없다"(《주인의 블루스Blues del amo》), "노란 언덕길"(《북쪽 대로에서En la carretera del norte》) 등의 표현도 이를 잘 보여 준다. 밤의 적막한 풍경 안에 있는 "노란 주막들"(《침몰하는 밤La noche hasta caer》), 친구의 손을 짓찧는 "노란 쇳덩어리"(《사고 후에Después del accidente》) 등의 시구도 보인다. 이 색은 또한 황폐화된 대지를 연상케 하는 비탄의 이미지를 보여 준다. 어쩌면 가모네다는 유년 시절 보았던 압제 세력에 의해 수탈당한 까스띠야 지방 농촌 지역의 황토색을 기억하고 있는지도 모른다.

가모네다의 시에서 자주 언급되는 파란색은 곧 사라질, 잘못된 존재의 빛깔이다. 이 색은 핏기 없는 시체처럼 파랗게 질린 청색증을 연상시킨다. 극심한 충격으로 모세혈관이 얼어붙으면 우리의 몸은 파랗게 된다. 시인의 어린 시절, 수술 전 소독약으로 파랗게 칠해진, 병든 아버지를 대표하는 색이 바로 이 파란색이었다. 스페인 내

---

1 _ Miguel Casado, "Epílogo de Esta Luz de Antonio Gamoneda", Esta Luz, Barcelona: Galaxia Gutenberg, 2010, 599쪽.

란과 그 후, 한창 감수성이 예민했던 시절의 가모네다가 눈으로 직접 본 폭력과 보복, 박해, 고문의 기억도 파란색으로 표현된다. 그는 회한과 부끄러움의 심리적 기저에서 나온 이 색을 곧 사라질, 잘못된 존재의 색으로 규정한다. "나는 피곤함과 파랗게 술 취한 것을 보았습니다."《비석들Lápidas》, "파랑. (……) 재갈 물린 도시에 있는 파랑과 목요일"《비석들》, "소로小路와 포도밭 사이 죽은 짐승들과 솔개가 주도하는 푸른 현기증"《비석들》, "파란 시체들은 아름답다." 《비석들》, "절망의 푸른 액체를 운반하는 배수관"《비석들》 등의 표현에서 보듯 황폐화의 한복판에 서 있는 것이 죽음이기에 이것을 대변한 파랑 역시 죽음의 색이라고 말할 수 있다.

몸의 시

가모네다의 시는 삶을 말한다. 그에게 시는 문자와 예술성을 넘어선다. 그의 시는 몸의 시다. 그는 시를 통해 인생을 말한다. 시는 인생이다. 그의 인생이다. 그래서 그가 살아 온 인생의 여정이 기억과 망각의 역설적 관계를 통해 그의 작품을 꾸민다. 그의 시에서는 사람의 냄새가 진하게 풍긴다. 'humano(인간적인, 사람의)'라는 형용사와 이에서 파생된 시어들이 그의 작품 이곳저곳에서 많이 나타난다. "사람의 발자국", "사람의 얼굴", "사람들" 등 '사람'과 관련되어 있는 단어들이 심심치 않게 눈에 띈다. 그는 근본적으로 과거를 '잘못 만들어진 사실verdad que está mal hecha'로 규정하고 있다. 그러나 그의 시를 읽어 보면 이 범주에 들지 않은 사람들이 많다. 그의 어머니가 그러하고, 그와 뜻을 같이한 동지, 친구, 지인 들이 그러하다.

가모네다는 잘못 산 과거를 다시 살기 위해 시를 썼다. 따라서 그의 시는 삶의 투영이자 발산이다. 그는 과거의 고통과 회한과 눈물과 비탄과 통곡을 시에 담았다. 그의 시에서 과거는 일정한 체계를 갖추고 있지 않다. 파편적이거나 스치는 느낌과 환영, 흔적들로 나타난다. 그래서 그의 시는 몸으로 읽어야 한다. 몸에 과거가 쌓여 있고, 몸이 과거를 알고, 과거를 기억하기 때문이다. 그래서 그의 시는 몸을 대단히 중요하게 여긴다. 그의 시는 몸에서 이루어진다. 그에게 글이란 몸이 체험하는 심층적·역사적 경험의 내재화 또는 응축이다. 그의 시에는 경험한 사건들의 편린이 음률을 담고 여기저기 뿌려져 있다. 자유분방하게 배열되어 있는 이 편린들이 시간 속에 이합집산하면서 비밀리에 삶의 기질과 실체를 보여 주고 해결책을 제시한다. 그래서 그의 시는 몸으로 감지된 우주의 외형적 모습을 띤다.

가모네다는 고통의 시대를 살았다. 그래서 그의 심미적 경험은 고통과 불가분의 관계를 맺고 있다. 그의 시에서 몸은 전쟁과 병과 배고픔과 죽음의 상처에 취약하다. 몸은 폭력을 주기도 하고 폭력을 당하기도 한다. 폭력이 몸을 둘러싸고 일어나고 있다. 그래서 몸은 전쟁터이기도 하다. 가모네다는 이를 몸소 체험했다. 스페인 내란 와중에도 그러했고 프랑코 독재 시대에도 그러했다. 그가 경험한 몸은 폭력과 강압의 대상이었다. 그래서 몸은 가모네다로 하여금 시상을 일으키는 주요 원동력이 된다.

그의 시는 어찌 보면 역사의 공격에 대한 생물학적 응답이라고 말할 수 있다. 역사에 대한 몸의 반응이 그의 시다. 그는 시를 가지고 과거 사실의 은폐와 망각에 저항한다. 시를 통해 그는 반론할 수 없는 증인으로 역사 앞에 바로 선다. 그의 초기 시집인 《대지와 입술La Tierra y los labios》, 《움직이지 않는 반역》, 《까스띠야 블루스》는 행복과 생명의 힘 그리고 아름다움과의 완화된 약속의 의미를 보여 준다. 그리고 그를 둘러싸고 있는 비천한 사람들의 운명과 정체성을 같이하면서 기억과 죽음의 공간 속에서 원초적 존재로의 회귀를 지향한다.

이후 그의 주요 시집인 《거짓의 기술》, 《비석들》, 《냉기의 책Libro del frío》, 《상실이 불타고 있다Arden las pérdidas》 등은 정치적 보복에 의해 병든 몸의 기억, 두려움, 침묵 등을 다루고 있다. 이러한 것들은 그의 삶의 궤적과 연결되어 그의 시에 다양한 형태로 나타난다. 아버지의 죽음에 뒤이은 어머니의 만성적 호흡기 질환, 내전의 참혹함, 전염병, 기근, 팔다리가 잘려 나간 부상자들, 폐결핵으로 죽은 자들의 환영, 반프랑코 활동을 벌이다 박해에 못 이겨 자살한 동료들, 프랑코 비밀경찰의 고문 등, 그의 몸이 경험한 수많은 삶의 사례가 시의 대상이 된다. 이러한 것들은 그의 시적 천재성을 보여 주는 생생한 메타포에 실려 그의 시에서 주요 소재로 등장한다. 그의 시에서 기억은 몸의 일부로 형상화되어 나타난다. 몸이 기억의 주체이기 때문이다. 억압과 탄압에 의해 고문당하고 사라진 동료들의 얼굴, 이 얼굴들은 부재를 알리는 죽음과 두려움의 장소다. 오줌, 악취, 눈물, 산성 물질, 땀, 포진, 사타구니 냄새, 지방, 피부조직, 똥 등 몸과 관련된 메타포들이 그의 시에 간단없이 나타난다. 즉 그의 시는 언어를 통한 몸의 부산물, 잉여 물질, 배설의 이미지를 과감 없이 보여 준다.

어머니

　　　　　　과거의 아픔 속에서 가모네다가 안식을 취하는 대상은 바로 어머니다. "당신이 사랑하는 얼굴을 천천히 바라보세요/ (……)// 어머니,/ 나는 당신의 손길을 느낍니다"(《어머니와의 대화》). 공포와 압박과 폭력이 난무하는 적대적 환경에서 가모네다가 피신했던 곳은 바로 그의 어머니였다. 어머니로 대변되는 모성과의 접촉을 통해 그는 안식과 평안을 되찾았다. "내가 태어나기 전 당신이 내 손길을 느꼈듯이/ 인간의 심층 속에 길을 잃고서야 당신을 느낍니다"(《어머니와의 대화》)에서 보듯, 어머니는 그에게 보호 그 자체였고 피난처이자 안식처였다. "이제 당신은 운이 좋습니다/ 이 밤이 온통 당신의 것입니다/ 밤이 당신을 둘러쌉니다/ 마치 어머니의 품 안에 있는 것 같습니다"(《왕복》)라는 표현에서는 어머니가 무소부재의 존재로 나타난다. 혹은 단수로, 혹은 복수로, 혹은 여성들로 나타나는 어머니를 그는 끊임없이 부르고 있다. "어머니,/ 다시는 나에게 대지를 숨기지 마세요/ 이것이 나의 조건입니다/ 그리고 희망입니다"(《어머니와의 대화》).

어머니는 시인의 삶의 기저요 존재의 본질이었다. 그러나 그는 어머니를 노래하지 않았다. 시인 안에서 어머니가 노래한 것이다. 삶의 근본인 어머니가 흐느끼고 신음했다. 심연 속에서 들려오는 어머니의 흐느낌과 따뜻한 손길은 존재의 아픔을 끊임없이 전달하면서 동시에 그에게 살아갈 이유를 확신시켜 주었다. "상실이 불타고 있다/ 이미// 내 어머니 머리에서 불타고 있었다"(《상실이 불타고 있다 4》). 소멸의 두려움은 간단없이 시인을 괴롭혔지만 어머니가 있었기에 시인은 그 소멸을 더 이상 두려워하지 않았다. 모성 안에서 용해된 상실의 두려움은 더 높은 차원에서 승화된 그 무엇이 되었다. 이제 희미한 기억으로만 남을 뿐이다. "나는// 목재의 보이지 않는 이빨 소리를 듣는다"(《상실이 불타고 있다 4》).

망각과 어머니는 고통과 피곤함에 지친 시인의 안식처가 된다. 망각은 모든 의무로부터의 탈출을 의미하고 이 탈출은 곧 안식을 가져온다. 가정 역시 귀한 안식처이다. 외부의 온갖 짐에서 벗어나 가족의 품으로 돌아오는 일은 안식의 중요한 부분이다. 이 가정의 훈훈함은 어머니가 만들어 준다. 어린이들은 집에 돌아오자마자 어머니를 부른다. 시인은 혹독한 생활고에 시달린 어린 시절, 유일한 마음의 안식처였던 어머니의 기억을 더듬으며 모정을 그리워한다. "어느 겨울 새벽 다섯 시/ 어머니가 내 침대가로 오셨네/ 내 이름을 부르며 얼굴을 어루만져 주셨네/ 잠이 깰 때까지"(《20년 후에》). 어머니의 따뜻한 촉감을 몸소 체험한 이 유년 시절이 가모네다가 가장 긍정적으로 그린 바람직한 세계였다.

의식화

그의 인간성의 기초는 인간의 조건, 즉 의식conciencia이다. 그의 시는 의식화된 시다. 그의 시는 집단의식을 강조한다. 특히 소외된 자들, 사회적 약자의 입장을 대변한다. 그는 "이 세상은 가급적 많은 사람들의 식사가 가능한 곳이다."라고 갈파하며 자신을 패배한 자, 소외받는 자들의 이웃이라고 천명한다. 그러면서 자신이 도시 빈민가 출신임을 밝히고 자신과 비슷한 환경, 뜻을 가지고 있는 사람들을 '동지camarada', 즉 사회주의식으로 표기하면 '동무'라고 부르기를 두려워하지 않는다. 이러한 가모네다의 태도에서 독재자 압제에 거부하고 반항하는 사람들 사이의 강한 연대감이 엿보인다. 또한 그의 시에는 이러한 의식을 다른 사람들에게 전파하려는 일종의 선전적 의도가 다분히 드러난다. "바다를 느끼는 것, 그의 살아 있는 느림을 느끼는 것은/ 웅대한 일이요, 망각이다/ 그러나 동지들의 삶을 느끼는 것은/ 자신이 먼저 동지가 되는 일이다"(《1966년 여름Verano 1966》). 연대 의식을 느끼려면 자신이 먼저 동지 의식으로 철저히 무장해야 한다. 그러면서도 돌아오는 혜택은 모두가 함께 공유해야 할 것들이다. "나는 나 홀로 마시기 위해/ 물을 손대지 않았습니다"(《물을 느낍니다Siento el agua》).

그의 집단의식의 출발점은 우정이다. "내가 의자 위로 떨어질 때/ 나의 머리가 죽음을 스칠 때/ 내가 손으로 냄비의 어둠을 잡을 때/ 슬픔을 대표하는 서류를 바라볼 때/ 나를 붙잡아 주는 그대가 우정입니다"(《나는 의자 위로 떨어진다》). 이 우정의 튼튼한 기반이 그에게 힘을 준다. '의자 위로 떨어질지라도, 머리가 죽음을 스칠지라도' 이 우정이 그를 붙잡아 주고 일으켜 주고 그에게 투쟁을 계속할 힘을 준다. 그런데 압제자의 쇠망치는 친구의 손을 사정없이 내리쳐 저항을 중단시키려고 한다. "그들이 노란 쇳덩어리를 들었을 때/ 나는 그것이 터지는 것을 보았다 그것은 둘이었다/ 사람의 두 손이었다 그 위대한 왼손과 오른손/ 산화酸化된 으깨진 손/ 공기를 만나 진해진 피/ 그들은 그를 데리고 갔다"(《사고 후에Después del accidente》).

친구의 손을 으깨어 놓은 노란 쇳덩어리. '노란'색이 다시 등장한다. 여기서 '노랑'은 '지배'와 '황폐'의 상징색이 된다. '쇳덩어리'는 '압제', '폭력'을 형상화하고 있다. 친구와 동지의 노동 도구가 이제 그들을 파괴하는 압제자의 수단이 되었다. 그런데도 시인은 희망을 버리지 않는다. "친구여, 우리가 다시 만나면, 저 쇳덩어리의 건강을 마셔야 하네/ 나는 포도주가 담긴 잔을 자네 입에 가져다줄 거야/ 자네가 내 손으로 마신다는 것을 느낄 때/ 자네가 이 세상에서 팔을 잃은 자가 아니라는 것을 깨닫게 될 걸세"(《사고 후에》). 압제에서 풀려나 언젠가 자유의 풍성한 공기를 흡입할 때, 그 도구는 다시 본연의 모습을 찾게 될 것이고, 그때 그것을 함께 누리자는 뜻이다. 그리고 이러한 기쁨이 우정의 연대 의식에서 나온 것임을 확인하는 것이다.

사회에서 소외된 자, 패배한 자, 가난한 자들을 향한 그의 시선은 항상 따뜻하다. 도시의 빈민가에서 자라나 그 지역에 행해졌던 처절한 압제의 고통을 눈으로 보아 온 그였기에, 그리고 한창 공부할 나이에 생활전선에 뛰어들었던 그였기에, 자신과 비슷한 처지의 사람들에 대한 그의 눈길은 유별날 정도로 따뜻하다. 부끄러운 과거에 대한 회한이 아마도 그로 하여금 압제당하고, 입막음당하고, 차별받는 사람들을 향해 따뜻한 시선을 보내도록 만들었을 것이다. 그러나 그들을 향한 그의 시선에는 고통의 신음이 들린다. "당신은 침묵의 새에 의해 소집된/ 부동不動의 회색 무장 경찰에게/ 울면서 내려갑니다/ 광채와 어둠의 구분을 모르는/ 그치지 않는 바다가 있지요"《비석들》. 비밀리에 이루어지는 무언의 폭력, 빛과 어둠이 구분되지 않는 세상, 이러한 암담한 현실 속에서 힘없는 수많은 사람들이 하루하루 버거운 인생을 살았다. 그들의 눈물은 곧 시인의 눈물이요, 당시 폭력 앞에 침묵하고 끌려가고 고문당했던 주변인들의 눈물이었다.

화해와 희망

이 눈물의 저변에는 시인이 그토록 외치고 갈구했던 용서와 관용이 짙게 깔려 있다. "이것은 내 삶의 마지막 양털/ 내 마음의 주름에는/ 설탕, 사랑, 그리고 파수꾼이 있다네/ 아직도 당신은 내 안의 부드러운 불쌍한 자이지"《관용의 탱고Tango de la misericordia》. 관용은 시인의 마음속에 부드러운 애정의 대상으로 남아 있다. 시인을 지켜 주는 마지막 파수꾼이 바로 이 관용이다. 시인은 관용이라는 마지막 희망을 가지고 세상을 바라본다. 가모네다는 관용이 투영된 그의 시를 가지고 과거의 기억에서 비롯된 죽음과 절망과 고독을 넘어 화해와 희망이 깃든 미래의 영속성을 모색하기로 결심한다. 사랑하는 사람과 함께하면서 현재라는 순간적 삶을 완성의 절정기로 이끌어 가려는 것이다.

그의 시집 《세실리아Cecilia》는 사랑하는 자신의 손녀를 주인공으로 삼고 있다. 시인이 목숨보다 더 사랑하는 세실리아의 눈, 입, 그리고 머리칼에는 생명의 충만함이 깃들어 있다. 이것은 시인의 핏줄을 뚫고 깊이 들어가 엄청난 힘으로 시인을 잘못된 과거의 기억의 부산물인 죽음, 절망, 고독에서 회복시키고 화해와 재생의 문을 열어 준다. 아직도 죽음의 그림자가 얼씬거리고 두려움과 절망의 심연이 도사리고 있지만 그 가운데서도 희망과 화해와 회복의 가능성이 시인의 마음을 부드럽게 스쳐 간다. "네 손에 내 입술을 가까이 댔지/ 네 살갗은 꿈의 부드러움을 지니고 있었어// 영원과 비슷한 어떤 것이/ 잠시 내 입술을/ 스쳐 갔네"(《세실리아 2》). 어린 세실리아의 생명의 울음소리가 시인의 핏줄을 파고들어 가 생명의 원동력을 공급해 준다. 이제 세실리아는 시인의 구원자이자 미래의 희망을 담보하는 생명의 공급자가 된다. "네 울음소리가// 내 핏줄에 흐르네// 너는// 나의 병이자 나의 구원자"(《세실리아 4》). 시인의 목소리가 절망의 심연에 비친 고독의 꽃처럼 들린다.

*

《대지와 입술》은 가모네다의 초기 시집이다. 이 시집은 독자적인 시집으로 출판되지는 못했다. 일종의 시작노트로 생각하면 된다. 초기 작품들이 그렇듯이 습작 형태가 많다. 사랑의 우울함이 주조를 이루며 사랑과 고통, 삶에 스며든 상실과 정체성 추구에 시심을 모으고 있다. 친밀함이란 결핍의 공간에 각인되는 것이고 사회적 조건 역시 상실에 의해 규정된다고 시인은 주장한다. 그럼에도 이 시편의 관점은 다양하다. 약한 어조가 흐르다가 갑자기 감정적 톤이 높아지기도 한다. 윤리적이고도 미적인 문제를 다루기도 하고 실존과 종교 논쟁에 빠지기도 한다. 그러나 전체 흐름은 '청춘의 고통, 고통의 청춘기'에 맞춰져 있다. 가모네다 시의 중심축인 죽음의 그림자가 이 초기의 시부터 어른거린다. "당신의 시선과 내 목소리 사이에/ 죽음이 떨고 있는가"(《내 입에서 당신의 뺨까지》). 작동 중인 떨림, 보이지 않는 유령이 시인의 몸속 깊은 곳 어딘가에 숨어 살고 있는 듯하다. 죽음은 대지의 물질로 나타나고 곧 삶의 역설적 공간이 된다. 그러면서 내면화되고 각 사람 속에 자기 위치의 조건을 결정한다. 이 시집에서 인간은 인본주의적 이상이 희미하게 뒤섞인, 실존주의적 분위기가 짙게 묻어나는 존재로 투영되고 있다.

《움직이지 않는 반역》은 1960년에 출판되었다. 이 시집으로 그는 유명 출판사인 아도나이스가 수여하는 상(가작)을 받아 일약 문단에 그 이름을 드러냈다. 제목이 뜻하는 것처럼 이 작품은 '반역'의 형태로 시인의 목마름, 욕구에 대한 답을 주고 있다. 실존적·미적·도덕적·정치적 회복에 관한 문제들이 인간의 존엄성 범주 안에서

총체적으로 다뤄진다. 이러한 문제 제기의 기저에는 플라톤적 이상
주의 가치관이 깔려 있다. 보다 넓은 우주적 가치들이 구체적인 것,
물질적인 것, 인간에 관한 것들을 초월하고 있다. 이상, 원리 등이
상위 가치로 다뤄진다. 이 순수한 이상에 맞지 않는 당시의 사회
분위기와 상황이 '파괴'의 모습으로 나타나고, 이는 결국 시인에게
엄청난 고통을 안겨 준다. 시인은 이 고통을 '절대적 생체生體'로 그
리고 있다. 개개인이 느끼는 고통은 곧 순수하고도 절대적인 고통
으로 초월된다. 시인은 개개의 것, 특정의 것, 삶의 현상적인 요소
등을 절대화하여 초월적인 원리와 원칙을 만들어 낸다. 이 절대적
인 것과 현실적인 것 사이의 관계 설정이 가모네다 시의 주요 특징
이다.

이 두 축 사이의 관계의 기반 위에서 가모네다는 '아름다움'과 '도
덕'에 천착한다. 아름다움을 승화하고 도덕적 구원을 고양함으로써
당시 사회에 정치적 항의를 기한다. 그래서 작품 전편에서 갈등이
비등하고 있다. 이상과 시인의 느낌, 시인의 생각 사이의 갈등이 처
절한 분노의 형태로 나타나고 있다. 비록 '인간'을 일반화하여 이야
기하고 있으나 이 갈등을 완전히 잠재우지는 못한다. 미적인 충동,
정치적 함의와 관련된 긴장이 극대화되고 있다. 시의 주인공은 외
침, 뜨거운 피, 분노, 욕망, 그리고 폭력에 휩싸여 있다. 누군가가 그
를 건들기라도 하면 곧 터져 버릴 것 같다. "만일 누군가 나를/ 끝

이 날카로운 몽둥이로 때리고/ 자유의 칼질로 상처 낸다면/ 나의 외마디 소리와/ 산산조각 난 붉은 심장에/ 빛이 가득 찰 것입니다"(《만일 누군가 나를》). 사회의 부조리와 순수 이상 사이에 생겨난 갈등의 최고점에서 시인은 이처럼 부르짖고 있는 것이다.

《까스띠야 블루스》는 1960년대에 쓰였으나 검열로 빛을 보지 못하다가 1982년이 되어서야 출판되었다. 실존과 정치 사이의 관련 가능성이 이 책의 내용을 주도하고 있다. 이 시집에서 집단 성격을 띤 주인공은 총체적 고통을 받아들이며, 개개인은 그것을 개인의 가장 내밀한 영역까지 가지고 간다. 이 책에서 보이는 정치─실존, 개인─집단의 연결 고리는 앞서 《움직이지 않는 반역》의 이상/추상적 성향과 그 흐름을 달리하고 있다. 후자에서는 개인이 개인과 연결되어 있지 않고 오직 개인이 우주적 이상과 연결되어 있다. 《까스띠야 블루스》에서 삶은 노동자에 의해 조건 지어진다. 수탈과 심한 부조리로 끝없이 고통당하는 자의 시선이 계속해서 의식을 이끌어 간다. 이 의식은 결국 계급의식이다. 소외의 흔적이 뚜렷하다. 열악한 근무 조건, 시간의 징발, 자신의 근로조건조차 결정짓지 못하는 노동환경 등이 이해할 수 없는 불합리한 장場을 만들어 내고 이러한 상황에서 주인공 '나'는 점점 인간성을 상실해 간다. 그러나 불행, 박탈, 삶의 지속 불가능성 등 당시의 사회적 조건이 가모네다로 하여금 인간성 회복을 외치도록 만든다. 이러한 사회적 조건들이 이 작품의 끊임없는 대역이다.

개인성과 집단성 사이의 변증법적 관계가 이 시집 구성의 주요 특징이다. 심리적·이상적·사회적 면모를 보여 주는 '나'는 집단적 성격을 띤 작중인물들을 경험적 측면에서 바라본다. 이 관계 속에서 계급의식이 뚜렷이 드러난다. 그리고 이 의식은 회한이나 부끄러움과 겹쳐 나타난다. 그러면서도 시인은 인간성 회복의 기대를 버리지 않는다. 인간성은 이 시에서 모성의 둥지와 같다. 이곳에서 시인은 안식을 취하고 평안을 추구하면서 자신을 새롭게 한다.

이 시집에서 돋보이는 또 다른 점은 동지들 간의 강한 유대감이다. '대화'와 '포도주'가 이것을 견고히 한다. 이 유대감의 기저에는 이미 사회/의식화된 인본주의 이상주의가 소리 없이 흐르고 있다. 그러나 《까스띠야 블루스》는 전투/투쟁의 시가 아니다. 비록 사회 부조리를 통렬하게 고발하지만—이 점 때문에 검열을 통과하지 못했다—, 자세히 살펴보면 시인이 내면적 싸움에 좀 더 치중하고 있음을 보게 된다. 이 싸움에서 시인은 종종 자책의 피로감에 빠지고, 절망의 심연 속에 허덕인다. 그러나 시인은 이 절망의 심연 속에서도 안식과 평안을 찾기 위해 몸부림친다. 이 안식과 평안을 얻을 수 있는 곳이 바로 '망각'과 '어머니'다. "어머니,/ 나는 노래의 숨결 속에 깃든/ 모든 것을 잊고 싶어요/ 매일 당신의 손으로 내 목덜미를 쓰다듬어 주세요"(〈어머니와의 대화〉). 기억이 있기에 망각이 있고,

망각이 있기에 기억이 있다. 그래서 망각은 기억과 종종 혼동되고, 어머니의 품은 어린 시절을 떠올리게 한다. 가모네다가 가장 바랐던 세계가 바로 이 어린 시절이었다.

《거짓의 기술》은 1977년에 출판되었다.《까스띠야 블루스》이후 9년 정도의 공백 기간을 거친 뒤에 나온 이 시집은 기존 시집과 다른 문체적 실험을 시도하고 있다. 산문, 운문, 분절된 문장 등이 뒤섞여 나온다. 가모네다는 이 시집에서 죽음의 문제와 기억을 자기 시학의 중심 궤도로 확고히 다지고 있다. 시는 더욱 내면화되었고 시어의 음악성은 더 독특해졌다. 조각으로 구분된 이 기다란 시의 첫머리에 창작의 오랜 공백이 암시된다. "녹이 절망의 맛처럼 내 혀에 내려앉았네"(〈녹이 절망의 맛처럼 내 혀에 내려앉았네〉). 그러다가 즐거이 글의 복귀를 선언한다. "나는 기도를 믿지 않네/ 그러나 기도는 나를 믿는다네// 그것은 피할 수 없는 이끼처럼 다시 찾아왔네"(〈녹이 절망의 맛처럼 내 혀에 내려앉았네〉). 믿음, 가치, 우정 등 여러 변화들이 있었다. 무엇보다도 주인공인 '나'에게 큰 변화가 있었다. '나'는 상실 안에 있는 존재와 비존재 전체의 잔류물로 새롭게 인식되고 있다. 그리고 생존이 현재를 사는 조건으로 설정되었다. 청춘도 지나갔고, 친구도 동료도 사라졌다. 정치적 변화와 회복의 조짐에 대한 기대감은 이제 무거운 짐으로만 남아 있다.

《까스띠야 블루스》에 내재된 지난날 과오에 대한 감정은 이제 넓게

확산된 상처가 된다. 상실이 퇴비 같은 잔류물이 되어 생존의 양분을 공급해 준다. 절망을 넘어 회생의 가능성을 제시하는 것이다. 이 잔류물을 해석하고, 그 잔류물에 존재하는 삶의 무기력함을 해소하며, 이해할 수 없는 삶의 의미에 질문을 던지는 것이 이 시집의 주안점이다. 이 시집에는 '얼굴들'이 간단없이 등장한다. "그늘을 비추지도 않고/ 대기를 비거덕거리지도 않으며/ 얼굴들이 오네// 마치 내 눈에 담긴 것에만/ 내 말의 일체성 안에만/ 그리고 밀도 높은 내 청각 안에만 있다는 듯/ 골격도 없이 통로도 없이 오네"(《녹이 절망의 맛처럼 내 혀에 내려앉았네》). 이 '얼굴들'은 고문의 후유증으로, 자살로, 정신병으로 사라진 친구들이자 동료였다. 이 '얼굴들'은 가모네다에게 죽음과 두려움, 부재의 표상이었다.

시인은 이 '얼굴들'과 대화한다. 그러면서 그들의 정체성에 끊임없는 질문을 던진다. 이 대화는 일련의 책망, 부딪치는 감정들, 고백, 자기 합리화 등으로 점철되어 있다. 대화를 나누며, 시인은 자신의 가장 어둡고 내밀한 곳으로 내려간다. 그리고 유령처럼 나타나는 '얼굴들'의 부정적 면모 속에서 자신의 자화상을 그려 낸다. 시인은 자기 고발, 자기 비하, 자기 정죄 그리고 무력감의 충격 속으로 떨어진다. 이는 과거의 상실을 자기 것으로 만드는 과정이다. 그러면서 죽은 자들을 위한 공간을 찾는다. 이 공간은 쉼의 장소다. 과오에 대한 인식과 애정의 합작품이 이러한 관용의 노력을 가능하게 한다. 어쩌면 생존을 위한 몸부림으로도 볼 수 있다.

이 시집 역시 정치적 색채를 띠고 있다. "무덤을 갖지 않은 땅, 어질증 앓는 흰머리의 어머니들 // 이것이 나의 조국에 남아 있습니다"(《어질증 앓는 흰머리의 어머니들》) 실종자들의 '얼굴들'은 시가 진행되면서 시인의 기억에 각인된 스페인 내란과 내란 후에 저질러진 보복의 비극과 합해진다. 이 죽은 자들과의 대화는 시인의 '고발'로 끝을 맺는다. "가장 순수한 목소리의 고발이 샘을 연다 / 그러나 이미 늦었다"(《모든 거리는 자신의 안식을 가지고 있다》). '고발'은 여인들에게서도 온다. 여자들, 어머니들, 특히 '죽은 어머니들'에게서 고발의 목소리가 들린다. 시집 제목에 쓰인 '거짓'은 실존적 측면이 강하다. 몸의 본질이 실존을 가장한다면 몸은 본능적으로 가면을 쓰고 거짓을 말한다. 가모네다는 몸의 모든 행동을 작품 기저에 깔려있는 죽음의 거울로 바라보기 때문에 이를 '거짓'으로 표현한 것이다. 허무주의적 실존주의가 작품 전편에 깊게 뿌리내리고 있다. 빠져나갈 수 없는 막다른 골목에 몰린 자의 고통스러운 절규가 바로이 시집에서 묻어 나온다.

《비석들》은 1987년에 출판되었다. 가모네다의 개인적 신화의 의미와 가치에 대해 가장 투명한 공간을 제공해 주는 시집이다. 이 작품은 앞 시집의 긴 산문시와는 달리 짧게 끊어지고 정지된 이미지를 보여 준다. 기억이 위치하는 앎의 형태를 재검사하고 있는 것이다. 앎의 소재들에 대한 내면화 작업이다. 앎의 재료들은 바로 기호들이다. 이 기호들이 시인 안에서 가치 있는 삶의 상처로 내면화된다. 시인이 가장 열망하고 있는 맛의 시간들은 '모호'와 '혼돈'의 형태로 나타난다. 혹은 번개처럼 지울 수 없는 기억의 편린들이 번쩍이기도 한다. 삶의 상처로 내면화된 그늘, 번개처럼 번쩍이는 기억의 편린들은 결국 동일한 실체의 범주 안에 존재한다. 그러면서 시인은 개인적·시간적 강박관념으로 현기증을 일으키기도 한다. 시인이 경험했던 두려움, 침묵, 망각, 실종은 비석처럼 그의 몸에 각인되어 있다. 원형과 기억이 사라진 세계를 직조한다. 그러나 이 사라진 세계는 다른 시대의 기호들로 표시된다. 마치 넘치는 상실의 하수구처럼. 아직도 농촌티를 벗지 못한, 옛 모습이 남아 있는 조그마한 도청 소재지의 변두리 빈민가, 짐승들이 늘 다니는 길, 나무들과 폭풍, 수공업자들의 손길을 바라보는 일 등 이 모든 사소한 것들이 기묘하고 신비한 후광과 함께 과거에서 현재로 되돌려지고 있다. 시인은 의례적이고 순환적인 것의 낯선 느낌을 강조한다. 특별하지 않은 보편적인 것들이 그의 손에 닿으면 특이한 신비스러움을 갖게 된다.

이 《비석들》 역시 친밀감이 존재하는 곳으로 죽음의 힘을 빼놓지 않는다. 이 죽음의 힘은 부언하면 죽음의 기억이 갖는 힘이다. 가모네다의 시학은 실존의 존재를 외적으로 그려 내는 것이다. 《비석들》은 돌에 쓰인 기억이다. 가모네다의 시는 영혼을 사람으로, 사람을 몸으로, 몸을 시체로, 시체를 비석으로 만들어 버린다. 그의 시는 죽음의 돌에 쓰인 기억이다. 과거에 대한 부끄러움, 회한, 두려움, 분노, 고통, 모두 침묵의 돌에 새겨져 타자를 향해 외롭게 서 있다. 타자는 힘없는 자, 소외된 자, 패배자, 주변인, 착취당하는 자들이다. 또 타자는 슬픈 인생, 짧고도 허약한 인생이다.《비석들》은 타자를 향한 기도라고 말할 수 있다.

1992년에 빛을 본《냉기의 책》은《거짓의 기술》에서 제기한 질문의 확장 선상에 있는 작품이다. 이 시집에 실린 시들은 다음 명제의 반향으로 볼 수 있다. "만일 열정의 이름을 내가 혹 안다면 그 열정은 나에게 존재하지 않을 겁니다." 열정은 욕구가 아닌 생존의 실존 작용 너머에 그 의미를 집중시킨다. 여기서 '너머'란 무언가를 초월하려는 의지를 말한다. 구체적인 목적을 달성하는 것이 아닌 순수한 긴장 관계의 유지, 단순한 내면적 지속성, 삶과 죽음의 예감 등이다. "평온 속의 어질증"이자 "움직이지 않는 폭풍"이다. 이 시집에서는 빛의 효과가 강하다. 모든 시들이 색조, 단계적 변화 그리고 돌연한 대비가 넘치는 빛의 글로 읽힌다. 색과 빛은 '어떤 의미'를 강력하게 호소하고 있다. "산 중턱에 검은 풀이 있고/ 그늘 사이에 보랏빛 백합이 있지요"《전원시》. "인광이 번쩍거리는 생식력 넘치는 암말"《전원시》. 시각의 집중과 조명의 기묘함은 마치 어둠에서

'어떤 의미'를 빼내고 있는 것 같다. 시에 나타나는 작고 세밀한 것들, 느낌들은 신화적 신비감을 띠고 있다. 예를 들어 〈전원시〉의 '등산'은 어떤 상징적 샘물을 향해 올라가고 있는 듯한 느낌을 준다. 시에서 다루는 일상적인 것들도 단순히 '보이는 것'이 아닌 일종의 환상이나 비전의 성격이 강하다. 죽음으로 향하는 문의 느낌도 준다. "메탄가스와 사랑에게서 내가 나옵니다/ 죽음의 관 밑은 추웠습니다"(〈아직도 2〉). 죽음의 출발지와 목적지는 여기서 구분되지 않는다. 모두 다 공허의 실존적 체험일 뿐이다.

이 작품에서 서로 상반적으로 보이는 강력한 두 힘, 외설과 순백이 불협화음을 연출한다. 그러면서 과거를 반추하도록 만들기도 하고, 또 기억의 역동적인 강박관념을 깨뜨리기도 한다. 외설은 죽음의 섹스다. 죽음의 문턱에 있는 자가 취하는, 생을 향한 안타까운 몸부림이다. 이 몸부림에는 노쇠와 쇠잔의 그림자가 짙게 새겨져 있다. "당신의 눈 속에서 나는 늙어 버렸습니다/ 당신은 달콤 그 자체였고 또 절멸이었습니다/ 나는 당신 몸이 만드는 밤의 열매 안에서/ 당신 몸을 사랑했습니다"(〈순결치 못한 빠바나 3〉). 쾌락과 절멸의 동시성. 외설은 죽음의 쾌락이다. '인생을 즐겨라carpe diem'의 한계에서 오는 희망 없는 절망의 몸짓이다.

순백의 의미는 《냉기의 책》 마지막 구절에서 찾을 수 있다. "나는 실종을 사랑했습니다/ 지금, 내게서/ 마지막 얼굴이 나갔습니다//

나는 흰 커튼을 지나갔습니다// 내 눈에는 이제/ 오직 빛만 있습니다"(《한계의 냉기 4》). 고뇌의 마지막 얼굴이 지나가고 시인은 평정을 찾아 흰 커튼을 지나간다. 시인의 눈 속에 이제 평안이 흰빛을 띠고 물밀듯이 밀려들어 온다. 이 흰빛이 시인의 눈을 가득 채운다. 그래서 고뇌의 순간이 올 때마다 시인은 흰색 침실로 다시 들어간다. "흰색 침실로 들어갑니다// 곧 죽을 손에 들린/ 슬픔의 항아리가 너무 큽니다// 흰색 침실로 다시 들어갑니다"(《순결치 못한 빠바나 2》). 슬픔의 항아리가 너무 커서 죽을 수밖에 없는 절망 앞에 시인은 평안을 애타게 갈구하며 거듭거듭 흰색 침실로 들어간다. 순백은 그에게 평정과 쉼을 제공해 준다.

《상실이 불타고 있다》는 2003년에 출판되었다. 가모네다는 시집 제목에 쓰인 '불타고 있다arder'라는 동사를 《비석들》을 썼을 때부터 불이 아닌 '활동적 삶의 강한 집중과 강렬함을 전달하는 변형의 발광체'의 의미로 종종 사용해 왔다. 《상실이 불타고 있다》는 섬뜩한 유령의 이미지를 준다. 왜냐하면 소진이 아닌 시간을 요하는 이 말은 현실에 존재하지 않는 '유령'을 통해 상실이 끝없이 실현되는 듯한 느낌을 주기 때문이다. '상실'이 '어머니의 머리'에서 타오를 때 아이는 어머니 머리에 어른거리는 유령을 보았을지도 모를 일이다. 그 유령을 통해 아이는 끝없는 '잃어버림'의 체험을 하게 된다. 동시에 이 상실의 경험은 아이로 하여금 빛의 공간을 확보하려는 강한 열망을 갖도록 만든다. 이 공간은 평온, 평화의 공간이다. 그러나 이 빛은 근심과 불안의 귀환을 다시금 알린다. "내 눈꺼풀 밑/ 빛이 끓어오릅니다"(《상실이 불타고 있다 1》).

기억의 이미지들은 가면 갈수록 더 지워져서 결합이 더욱 어려워진다. 이제 일어난 사실의 언급보다는 망각 공간의 함축적 의미가 더 강해진다. 이 시의 끓어오르는 힘은 가모네다가 파열 직전까지 긴장시킨 시의 맥박에서 나온다. 그는 다른 것과 결코 섞일 수 없는 강박의 에너지를 탐색한다. 이 강박은 빛을 그것과 반대되는 의식의 상실과 융합시킨다. 이 과정에서 외적 사실들은 멀어져 가고 '나' 자신을 '나'를 초월하는 힘을 가진 현상의 대상으로 바꾸어 버린다. 강박의 역동성은 너무도 강렬해서 통제 불능이 되고 비인격화된다. 몸의 감각은 고정되지 않고 '나'의 행위를 주동하는 추상적 이미지들이 증대된다. 통곡은 눈꺼풀 위에서 돌이 되고 마침내 "고문 받은 머리가 나를 본다"(《분노》). 내가 대상이 된 것이다.

죽음과 기억이 가모네다 시학의 핵심이라면, 그 둘의 통로를 통해 알려지고 구성되려는 욕망은 화자의 가장 견고한 의지의 끈이 된다. 결론적으로 화자는 불임의 의식을 다시 만들어 낸다. 소진은 강박의 궁극적인 대역이다. 그럼에도 소진의 느낌 위에 빛이 우리에게 던져진다. 회고의 성격을 가진 이 빛은 작품 전편에 나타나는 부조화로 말미암아 안정되지 못하고 항상 불안하다. "나는 비어 있는 무덤 앞에서/ 청춘을 탕진했습니다"(《쉼 없는 명료함 1》). 고통의 싸움이 결코 끝나지 않았기 때문에 무덤은 항상 비어 있다. 불확정성이 내면의 가장 명료한 핵심을 표현하고 있는 것이다.

2004년에 출판된 《세실리아》는 지금까지 나온 가모네다의 시집들과는 다른 면모를 보여 준다. 이 시집의 이름은 시인의 유일한 손녀 세실리아의 이름을 따서 붙여졌다. 세실리아는 이 시집의 주인공이다. 이처럼 이 시집은 가족적 성격이 강하다. 《세실리아》는 고뇌와 평정 사이의 변증법적 관계를 보여 준 《냉기의 책》, 《상실이 불타고 있다》와는 달리 평정의 새로운 영역을 탐색한다. 과거와 미래로 나아가는 모든 길이 막히자, 시인은 이제 고뇌를 멈출, 현재의 탄력성 있는 방향을 찾아 나선다. 앞의 두 시집의 '빛'과 유사한 순간적인 무엇이 이 책에도 나온다. "영원과 비슷한 어떤 것이/ 잠시 내 입술을/ 스쳐 갔네"(《세실리아 2》). 그리고 그것을 늘이고 확장시킨다. 강도가 심해지고 삶의 실체의 힘도 강해진다. 시인은 이제 새로운 신화적 발전을 도모한다.

《세실리아》는 '나'로 지칭되는 시인과 '너'로 일컬어지는 손녀와의 대화이다. 그러나 손녀의 대답은 없다. '나'의 일방적인 부름만 있을 뿐이다. 이 부름에 손녀는 자신의 자태로, 느낌으로 그리고 몸짓으로 답한다. 작품 전편을 통해 '너'는 처음으로 안정되고, 견고한 모습을 보여 준다. 전의 작품들에서 보인 인격의 다분화가 이 시집에서는 나타나지 않는다. '너'에게 주어지는 이러한 힘은 '너'를 부르고 바라보는 '나'의 정체성까지 안정되게 만든다.

이 책은 손녀를 잠잠히 바라보는 시인의 평화로운 행복감이 주조를 이룬다. 이 부드러운 관조를 통해 삶의 새로운 신화가 구축된다. 화자는 경이 앞에서 사랑의 놀라움으로 '너'를 바라본다. 시선이 상대방에 닿자, 보이지 않는 다른 것과 겹쳐, 진정한 내면의 실상을 보게 된다. "네가 내 마음에 살포시 내려앉아/ 내 핏줄에 빛이 생기고/ 내가 달콤히/ 미쳐 가듯"(《세실리아 1》) 광기와 빛은 '기적' 안에서 이루어진다. 상상력과 바람이 새로운 실상을 창조하기 때문이다. "안녕히 다녀오세요, 라고 너는/ 현관에서 인사한다// 끝없는 순간이 네 손에서 떨어져 나온다"(《세실리아 3》). 사랑하는 자의 손짓에 끝없는 현재가 창조된다. 이 현재는 불안한 흩어짐이 아니라 지속성을 가진 일정한 거주지가 된다. 그녀가 부르면 현실이 창조되고, 다시금 존재가 만들어진다. 그녀는 존재하지 않는 것을 불러 그것에 살을 입힌다. 나아가 내부의 보이지 않는 것도 받아들인다. 언어가 내부에 살고 있는 '알지 못하는, 보이지 않는 그것'으로 그 영역을 확장해 나간다. 그녀는 현실을 창조할 뿐 아니라 그녀 자체가 현실이다. 경이로운 그녀의 존재는 놀라움뿐 아니라 구원의 능력도 가지고 있다. 모든 신화는 구원의 능력을 가지고 있기 때문이다. "네 울음소리가// 내 핏줄에 흐르네// 너는// 나의 병이자 나의 구원자"《세실리아 4》). 울음소리와 생명의 흐름, 혈관을 따라가는 액체의 순환. 이제 어린아이는 고통과 사랑을 통해 어머니가 된다. 그래서 존재를 줄 수 있게 된다.

*

번역 대본으로는 그동안 출판된 안토니오 가모네다의 시집을 한데 모은 《이 빛Esta Luz》(바르셀로나: 갈락시아 구텐베르크, 2010)을 사용했다. 나는 이 시집에 수록된 시 가운데 가모네다 시학을 가장 잘 반영하고 있는 시들과 여러 평론가들이 자주 언급한 시들을 뽑아 옮겼다. 가모네다의 시를 한국어로 옮기면서 가급적 그의 시가 담고 있는 뛰어난 아름다움과 메시지를 살리려고 노력했지만 독자들이 어떻게 받아들일지 두렵기도 하다.

고독의 모성, 안토니오 가모네다의 시

김경주(시인)

어머니,

당신은 우리와 함께하지 않은 사람의 옷처럼

침묵 속에 있습니다

나는 당신의 눈꺼풀 그 흰 끝을 바라봅니다

아무것도 생각할 수가 없군요

어머니,

나는 노래의 숨결 속에 깃든

모든 것을 잊고 싶어요

매일 당신의 손으로 내 목덜미를 쓰다듬어 주세요

고독이 다시 돌아오지 않도록

어머니,

당신의 얼굴에 세상이 보입니다

더 이상 벽에서 찾지 마세요

당신이 사랑하는 얼굴을 천천히 바라보세요

그곳에서 내 얼굴을 찾아 주세요

(중략)

이것이 나의 조건입니다

그리고 희망입니다

─〈어머니와의 대화〉 부분

2년 정도 지방 도시에서 방 한 칸을 얻어 시를 쓰던 시절이 있었다. 내가 사는 곳은 농가가 아직 남아 있는 도시의 변두리에 위치했다. 기차를 타고 오면 함열이라는 단어의 지방을 지나 삼례라는 단어를 지나 이곳으로 올 수 있었다. 마을로 진입하는 입구엔 서영부락이라는 돌 간판이 있었다. 백여 가구 정도 되는 부락은 작은 골목들로 연결되어 있었다. 쪽창을 열면 들판이 보였고 까마귀들이 부들부들 날아오르곤 하는 것이 먼 하늘에 뿌옇게 비추곤 했다. 시를 쓰기 위해 보증금 없는 방을 찾아 돌아다니다가 방 하나를 구했고 그곳에 살림을 텄다. 시를 쓰기 위해 내게 필요한 것은 방이었다. 그 방에 누워 자주 코피를 흘렸다. 시를 쓰기 위해 젖은 바람이 느껴지는 저녁이면 방문을 돌로 괴어 열어 두었다. 먼 들, 풀 속에서 불어오는 저녁의 냄새들이 밤까지 방 안으로 쌓이곤 했다. 시를 쓰기 위해 아침엔 머리를 감았고 저녁엔 머리를 뽑았다. 골목이 방까지 연결되는 시를 쓰고 싶었으나 밀린 월세처럼 턱없이 쓸쓸해지곤 했다. 마을 사람들이 "왜 이곳까지 흘러왔느냐"라고 연유를 물으면 나는 시를 쓰고 있다고밖에 할 말이 없었다. 정말로 그랬으니까. 간이역에 죽어 있는 어느 개의 죽음처럼 내 시는 허랑하고 어딘가를 지나가는 중이었다. 시를 쓰기 위해 그 방에 ㄱ자로도 누워 있었고, ㄴ자로도 잠들어 보았고, ㅁ자로 멍하니 눈을 뜨고 있기도 했다. 시를 쓰기 위해 방을 얻고 이불을 사고, 베개를 빨랫줄에 말리고 부엌 하수구에서 머리를 감고 손가락으로 수챗구멍에 걸려 엉킨 머리칼들을 빼내곤 했다. 그 방에 엎드려 읽은 수많은 시들 중 기억나는 것이 거의 없다. 나는 자주 엄마에게 편지를 쓰곤 했다.

*

안토니오 가모네다의 시집을 펼쳐 본 순간 나는 그때 생각이 불현듯 떠올랐다. 어느 시인에겐들 가난이 공헌하던 시절이 없겠냐마는 내게도 그 시절은 가난했다. 무엇이 나를 가난하게 만들고 있는가 묻는 일이 시 쓰는 일인지도 모른다고 아직까지 생각한다. 안토니오 가모네다의 시에는 그런 시절을 떠올리게 하는 고독의 공간이 있다. 시집을 정독한 후 이 시인의 시심이 모성으로 가득 차 있다는 것을 느끼고 나는 다시금 고독에 대해 생각했다. 안토니오 가모네다는 어느 시를 보아도 엄마를 부르고 있는 듯하다. 그에게 모성은 무엇이었을까? 그의 고독에는 왜 엄마 냄새가 나는 것일까? 모성은 왜 고독과 닿아 있는 것일까? 이런저런 생각을 하게 된다. "아마도 엄마라는 단어는 공교육보다는 사교육으로 배워야 하니까 시에 가깝다." 이런 생각을 잠시 해 본다. "엄마라는 단어는 한번 배우면 잃어버릴 수 없으니까 시를 짓고 살고 느끼고 사는 일과 같다." 이런 생각도 잠시 곁에 두어 본다. 모성은 내 바깥에 있어서 그리운 것이 아니라, 내 안에 있어서 더욱 그리운 것인지도 모른다고. 시를 쓰는 사람은 고독하다. 아니 안토니오 가모네다는 너무 고독해서 시를 쓰기 시작한 사람 같다. 그의 모성은 "무덤을 갖지 않은 땅"처럼 시 속에 축축한 불빛을 간직한 채 여전히 태어나고 있다. 나는 "사람들이 이것을 읽어 주면 좋을 텐데⋯⋯" 이런 생각을 잠시 데려와서 달래 주고 있다.

> 내가 의자 위로 떨어질 때
> 나의 머리가 죽음을 스칠 때
> 내가 손으로 냄비의 어둠을 잡을 때
> 슬픔을 대표하는 서류를 바라볼 때
> 나를 붙잡아 주는 그대가 우정입니다
> ─〈나는 의자 위로 떨어진다〉 전문

> 휴식 중인 나의 뼈들이 항복하는 소리를 들었네
> ─〈녹이 절망의 맛처럼 내 혀에 내려앉았네〉 부분

나는 이 땅의 모든 더러운 증거를 냄새 맡습니다

그리고 결코 화해하지 않습니다

　　ー〈무거움이 수은 비석에 새겨진〉 부분

*

시는 잃어버린 언어의 모성을 찾아가는 것일 테고 그곳엔 시인의 고독이 담겨 있기 마련이다. 안토니오 가모네다의 시를 읽으면 애도의 공간으로 들어가는 경험을 하게 된다. 그의 시는 세계에 대한 적의보다는 세계에 대한 애도가 담겨 있다. 안토니오 가모네다의 시에 남겨진 서정은 우리가 대상이라고 부르는 것들에 아직도 충분히 애도할 여지가 남아 있으며 그 애도의 편에서 시인인 우리는 노래해야 한다고 말하는 듯하다. 애도는 무엇인가? 시인은 자신의 공허에 대해 말한다. 우리는 여전히 잃어버리고 있다고 말하지만 우리는 여전히 자신이 무엇을 잃어버렸는지 모르고 있으며 그것이 공허라고. 그는 꿈에서 "의자 위로 자주 떨어지는" 꿈을 꾼다. 의자에 앉아서 졸다가 꾸는 꿈이 의자 위로 떨어지는 꿈이라면 그건 또 얼마나 시적인가. 아니 그러한 꿈을 꾸는 시인은 자신의 공허에 대해 얼마나 솔직한 것인가. 안토니오 가모네다의 환상성은 대지를 숨기는 상상력이 아니다. 시인의 환상성은 "인간의 심층 속에 길을 잃고서야 당신을 느낍니다"라고 고백하는 순간에 태어나는 어떤 환지통幻肢痛 같다. 시인은 굶주린 언어들을 위해 무엇을 한 것일까? 독자가 안토니오 가모네다의 시를 통해 적대감보다는 세계에 대한 애도를 공감한다면 그건 아마도 시인이 발견한 상처를 목격하는 것일지도 모른다. 시인은 침묵에 대해 이렇게 말한다. 애도가 필요한 그곳에서 "음악처럼 움직임이 없"이 일어났다고.

*

시를 쓰기 위해 방을 얻고 시와 몇 가지 우정을 맺었다. 감정에 대해, 한적한 시간에 대해, 호밀에 대해, 사슴벌레에 대해, 까치발에 대해, 돌담에 갈겨 그려 넣은 오줌발에 대해, 나는 시를 쓴다. 시를 쓰기 위해 그 방을 떠나기 전 나는 잠시 사랑을 했다. "당신을 사랑하면서도 당신의 사라짐을 내가 얼마나 간절히 바랐던가요"처럼, "보이지 않는 형상에 익숙한 입술에서 진실이 도망치고 있습니다"라고 고백하듯이.

*

안토니오 가모네다의 시 속에 담긴 사랑은 상실과 닿아 있다. 상실에 대해 나는 많이 속삭이는 편이다. 상실은 부드럽지는 않지만 달콤한 다락방이다. 숨어 있기 좋은 방에서 숨을 수 없는 시를 쓰는 일처럼, 상실에 대해 우리가 말할 수 있는 것은 친절뿐일지도 모른다. 상실에 대해 우리가 조금씩 친절해져 가고 있다는 것은 삶이 외로워져 가고 있다는 것이다. "외로워서 당신을 상실하기로 했어." 라고 말하는 사람은 없을 테니까. 상실에 대해 말할 때 시인은 자신이 믿는 사랑과 여전히 동행하고 있다는 믿음을 주게 된다. 안토니오 가모네다의 사랑에는 그러한 믿음이 시어들에게 운반되고 있다. 그게 이 시인의 경작이고 노동이며 노래이다. 시인은 불가능하지만 침묵을 고백하듯이 사랑하고 싶다고 시를 완성해 나간다. "내가 사들인 정전"이 아니지만, "나의 피로가 당신의 아름다움보다 더 깊군요"라고 용기 있게 말할 수 있는 시인이 여기 있다.

> 교회에서나 참을 수 없는 예언에서
> 내 몸을 만나지 못할 것입니다
> ─〈내 기억은 오래전 가라앉은 강처럼〉 부분

*

대체로 상실과 고독의 모성에 대해 이야기하는 시인들은 인간의 감정을 고양시키고 발육시키는 감상적인 시인들과는 달리 서늘하고 냉혹하며 참혹한 리얼리티를 가지고 있다. 안토니오 가모네다의 시가 주는 매혹은 쉽게 사출_{ᄴ出}되는 감정들과 벌이는 저항에서 오는 다양한 호칭과 공포와 연관을 가지고 있다. 안토니오 가모네다의 시에는 저항성이 강한 시들이 많지만 그것은 특정한 사회나 구조에 대한 적의라기보다는 "왜 쓸데없이 당신을 잊으려고 할까요?" 같은 아무도 들여다보지도 않는 소멸을 두려워하는 시인의 단단한 명예와도 같다. 때로 시인의 그러한 결계는 비명처럼 단호하고 밀고처럼 어둡고 불안하다. 하지만 매혹을 주는 그의 배 위에서 나는 나날이 발생하는 나의 구태를 발견하고 공감한다. 나는 어머니(모성)에게 돌아가기까지 많은 적의가 필요했다. 나는 시를 쓰기 위해 당신의 피로를 필요로 했던 사람이었던가? 나는 시를 쓰기 위해 얼마나 많은 도시를 떠나왔던가? 사소한 나의 물음들을 다시 한 번 떠올리게 하는 이 시집은 내게 "푸르게 넘쳐흐른 알코올처럼" 하나의 표정을 지닌 채 다가온다. 상실에 대해 말하기 위해선 사심을 가져야 한다. 이 글은 이 시집에 대한 나의 사심이다. 안토니오 가모네다의 시집을 펼치면 행간에 검은 방울새들이 가득 내려앉아 있다.

누가 자신의 심장보다 더 깊이 들어갈 수 있을까
–〈모든 거리는 자신의 안식을 가지고 있다〉 부분

● 안토니오 가모네다의 시는 제목이 없는 경우가 많아 시의 첫 구절이나 중요 구절을 시의 제목으로 삼았다. 원제가 있는 시 편은 《까스띠야 블루스》에 실린 8편뿐임을 밝혀 둔다(편집자).

《대지와 입술La tierra y los labios》(미간행 시작 노트)
내 입에서 당신의 뺨까지

《움직이지 않는 반역Sublevació inmóil》(1960)
아름다움은 달콤한 잠을
만일 누군가 나를
이곳은 고통이

《까스띠야 블루스Blues castellano》(1982)
20년 후에
왕복
풍경
계단 블루스
어머니와의 대화
사랑
너
나는 의자 위로 떨어진다

《거짓의 기술Descripció de la mentira》(1977)
녹이 절망의 맛처럼 내 혀에 내려앉았네
무거움이 수은 비석에 새겨진
잔인함은 우리를
칼 꿈을 꾸는 어린 자식을 둔 어머니처럼
내 기억은 오래전 가라앉은 강처럼

리넨 천을 펼치듯 적의를 당신 가슴에
밀고로 청춘은 나를 버렸습니다
살 만한 가치가 있는 유일한 날
다른 시절로 뻗은 수국이
잠시 석양이 나를 방문했네
물 너머 펼쳐진 경작의 날들
모든 거리는 자신의 침묵을 지니고 있다
모든 거리는 자신의 안식을 가지고 있다
어질증 앓는 흰머리의 어머니들
침묵과 같은 풀
당신은 거짓에 대해 무엇을 알고 있나요
인광이 나를 살찌웠습니다

《비석들Láidas》(1987)
당신은 침묵의 새에 의해 소집된
노란색의 귀부인이여
광채와 죽음 사이 저 대기는
겨울의 목초 위에서 자라납니다

《냉기의 책Libro del frío》(1992)
전원시
눈 파수꾼
아직도 1
아직도 2
순결치 못한 빠바나 1
순결치 못한 빠바나 2
순결치 못한 빠바나 3
토요일 1
토요일 2

최낙원

전주에서 태어나 한국외국어대학교 스페인어과 및 동 대학원 스페인어문학과를 졸업했다. 교육부 파견 국비 유학생으로 스페인 국립 마드리드대학에서 수학했고 〈스페인 16세기 가르실라소 시의 종교적 승화 과정 연구〉로 문학박사학위를 취득했다. 귀국 후 전북대 스페인중남미학과에서 교편을 잡아 현재에 이르고 있다. 한국스페인어문학회 부회장, 편집위원장, 전북대 인문학연구소장, 학생처장, 한국국제교류재단 중남미 지역 순회강사, 미국 오스틴 소재 텍사스주립대학 방문연구교수를 역임했다. 논문으로 〈가르실라소와 세르반테스〉, 〈세르반테스와 보르헤스〉, 〈스페인 망명시 연구〉, 〈세르반테스 텍스트의 메타픽션적 성격〉, 〈치카노 시에 나타난 정체성 연구〉, 〈19세기 스페인 지식인 운동과 자유교육학교〉, 〈가톨릭 세계권과 유교〉 등이 있다. 옮긴 책으로는 《라사리요 데 토르메스의 삶, 그의 운과 불운》, 《가르실라소 시선》, 《산 후안 데 라 크루스 시집》, 춘향전을 번역한 《La Canció de Chun-hiang》이 있고, 편저로 《Conexiones de la sociedad coreana y española》, 《카탈루냐어-한국어 사전》 등이 있다. 황석영의 《객지》를 스페인어로 옮긴 《La Tierra Forastera》가 아르헨티나 바호 라 루나 출판사에서 출간 예정이다. 한국 문학을 스페인어권에 소개하고 스페인 문학을 한국에 소개하는 일을 문학적 사명으로 여기고 있다.

내 입에서 당신의 뺨까지

1판 1쇄 인쇄 2012년 11월 21일
1판 1쇄 발행 2012년 11월 27일

지은이 안토니오 가모네다   옮긴이 최낙원
펴낸이 고세규   펴낸곳 문학의숲
신고번호 제300-2005-176호   신고일자 2005년 10월 14일

이 번역서는 2012년도 전북대학교 저술 장려 연구비 지원에 의하여 연구되었습니다.

주소 서울 마포구 동교로13길 34(121-896)
전화 02-325-5676   팩스 02-333-5980
이메일 bjbooks@naver.com
홈페이지 www.godswin.com

ISBN 978-89-93838-25-1 04870
      978-89-93838-26-8 (세트)